KB236532

DREAMBOOKS

DREAMBOOKS★

한수오 신무협 장편소설

수라의 하늘

ORIENTAL FANTASYSTORY & ADVENTURE

1

잠룡(潛龍)의 서(序)

dream
books
드림북스

수라의 하늘 1 잠룡(潛龍)의 서(序)

초판 1쇄 인쇄 / 2013년 3월 11일
초판 1쇄 발행 / 2013년 3월 15일

지은이 / 한수오

발행인 / 오영배
책임편집 / 편집부
펴낸 곳 / (주)삼양출판사 · 드림북스

주소 / 서울특별시 강북구 솔샘로67길 92
대표 전화 / 02-980-2112 팩스 / 02-983-0660
편집부 전화 / 02-980-2116 팩스 / 02-983-8201
블로그 / blog.naver.com/dreambookss

등록번호 / 제9-00046호
등록일자 / 1999년 3월 11일

값 8,000원

ISBN 978-89-542-5012-2 (04810) / 978-89-542-5011-5 (세트)

한수오 신무협 장편소설

수라의 하늘

ORIENTAL FANTASYSTORY & ADVENTURE

1

잠룡(潛龍)의 서(序)

dream books
드림북스

목차

중국 전한시대의 역사가인 태사공(太史公:사마천)은 '협객(俠客)이란 사회규범에서 벗어나는 행동을 보이면서도 약속과 의리를 위해서는 죽음도 불사하는 존재'라고 정의하였다.

나는 협객은 아니지만 어린 시절 그런 협객을 동경하며 자랐고, 아직도 꿈을 꾼다.
이 글 '수라의 하늘'은 대하드라마를 표방하고 있으나, 기본적으로 그런 협객들의 이야기를 그리고 싶어서 시작하게 되었다.

어린 시절 본의 아니게 죄인이 된 한 소년의 꿈에 여러 인간 군상들이 얽히고설키며 진행되는 이 이야기 '수라의 하늘’을 읽으면서 그와 같은 협객의 그림자를 조금이나마 드러낼 수 있게 된다면 매우 기쁘겠다.

복수라는 단순명쾌한 설정 속에 얼마만큼이나 내 뜻을 반영할 수 있을지는 모르겠지만, 적어도 어제보다 나은 오늘이기를 기대해 본다.

이 글 ‘수라의 하늘’을 엮는 데 도움을 주신 드림북스에 감사드리며, 특히 권용범 님의 노고에 진심으로 수고했다는 말을 전하고 싶다.

나는 달리고 있다.

서장

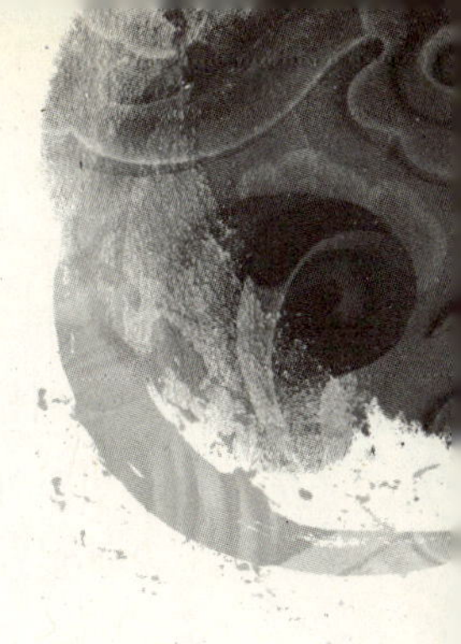

사서에 따르면 정통연간(正統年間, 1436년~1449년)은 환란의 시대였다. 그중에서도 정통 12년은 최악이었다.

무지한 황제 영종(英宗)은 환관 왕진(王振)의 간언에 놀아나 충신을 배격하고, 사례감(司禮監)으로서 모든 환관 조직을 등에 업은 왕진은 영종의 신임 아래 지속적으로 신하들의 충고를 무시하는 등 전횡을 일삼으며 국정을 농단하였다.

충신은 실각하고 탐관오리가 득세하는 상황이 속출했다. 그에 반대하는 인사는 반역의 무리로 몰려서 사약을 받거나 쥐도 새도 모르게 사라졌다.

거기에 엎친 데 덮친 격으로 그해 봄부터 시작된 가뭄이 이듬해 여름까지 계속되었다. 흉년으로 인한 기근은 사람들을 반역의 길로 내몰았다.

천재와 인재가 겹치자 지방 호족들은 더 이상 황궁과 군부를 신임하지 않았다. 그들은 관청에 기대기보다는 장정들을 모아서 무력을 키우며 자구책 마련에 심혈을 기울였다.

개중에는 대놓고 무림의 협사를 초빙하는 등, 혼란한 상황을 틈타 본격적으로 세를 확장하는 사람들도 있었다. 사천의 토호인 육태산(陸泰山)이 그 대표적인 경우였다.

그런데 너무 지나치면 오히려 모자란 것보다 못하다는 말처럼, 누군가 육태산을 역모죄로 고발했다.

황궁은 즉시 파발마를 띄워서 육태산에게 세력을 해산하라고 명령했다. 육태산은 황궁의 명령을 거부하지 않았다. 그저 시국을 고려해서 일부 인원을 남겼을 뿐이었다.

황궁은 육태산의 그와 같은 유연한 대처를 인정하지 않고 반역으로 간주했다.

그 실상은 불안한 정국을 바로잡기 위해서 무언가 특단의 조치가 필요하다고 생각하던 차에 육태산의 세력을 본보기로 삼으려는 것이었다.

황궁은 즉각 반란군 진압의 총책임자로 병부시랑 원화중

(元化中)을 임명하고, 그 예하에 오만 군사를 딸려서 사천으로 파견했다.

이때 당시 육태산의 예하에 남은 인원은 고작 오륙백 남짓이었고, 그래서 누구도 육태산의 죽음과 사천 육씨 가문의 멸문을 믿어 의심치 않았다.

그러나 모든 이의 예상과는 달리 육태산은 대승을 거두었다.

육태산은 무림세가의 자손이었으며 그 예하에 남은 인원도 대부분이 무림의 고수들이었던 것이다. 원화중과 그 예하의 참장들은 전장에서 죽었고, 오만 병사는 뿔뿔이 흩어졌다.

황제는 분노했으며 그 분노는 고스란히 왕진에게 돌아갔다.

절치부심한 왕진은 마침내 자존심을 죽이고 자신의 탄핵으로 실각한 전 내각수보인 권감(權勘)을 찾아가서 도움을 청했다. 권감의 죽마고우이자, 마찬가지로 왕진의 모함으로 말미암아 군부에서 물러난 뒤 행방이 묘연해진 대장군 종리천(鐘離擅)을 소환하기 위해서였다.

권감은 환관 왕진을 마귀보다도 더 혐오했으나 그 부탁을 무시하지 않고 순순히 종리천에게 연락을 취했다. 본디 강직한 인물인 그는 무엇보다도 바닥으로 떨어진 황궁의 권위와 위상을 외면할 수가 없었던 것이다.

은자로 지내던 대장군 종리천은 오랜 지기의 그와 같은 마음을 모르지 않았기에 그 청을 거절하지 않고 즉시 사람들을 모았다.

과거 영락제의 명을 받들어 몽고 원정에까지 나선 적이 있는 노장군의 출정 소식이 알려지자, 각처의 수장들이 자진해서 예하로 들어왔다.

동창 제독 위연(位淵)이야 왕진의 밀명을 받고 나섰을 테지만, 금의위 대영반 하원응(河元鷹)이 오백 위사를 이끌고 자원했으며, 병부상서 이엄(李嚴)이 군사를 자청했고, 오군도독부 산하 장군들과 북경 수비를 담당하는 영무위(英武衛), 용호위(龍虎衛)의 위장들마저 대거 몰려들었다.

총 군사 오만 중에 일기당천의 정병만 수천을 헤아리는, 그야말로 유사 이래 최강의 반란 진압군이 그렇게 구성되었다. 종리천은 그들과 함께 사천으로 진군해 반군에게 대공세를 펼쳤다.

결과는 당연했다. 반란 진압군의 대승이었다.

반군의 인원은 수만이었으나 그건 황제의 폭정을 견디지 못한 민초들이 붙었기에 늘어난 숫자였고, 그중에는 어린아이들도 있었다. 반군은 육태산을 포함해 일만에 달하는 전사자와 그 이상의 포로를 남기고 일패도지했다.

황제는 포로를 원하지 않았다. 목을 모두 베어서 대역죄인의 본보기로 삼으라는 명령을 내렸다.

황명을 거역할 수 없던 종리천은 우선 반군의 무리에서 아이들을 분리했다. 그리고 다부지게 마음먹고 황명을 수행해 나갔다.

내심 역모가 구족을 멸하는 대역죄임을 상기하고 또 상기하며, 목을 치는 수하들을 직접 나서서 독려했다.

한 번에 스무 명씩, 도합 수천 번의 칼질이 반복되는 가운데 그들의 군영인 사천의 북쪽에 자리한 십리평은 하늘도 땅도 검붉은 핏빛으로 변해 갔다.

그렇게 한나절, 어린아이들을 제외한 반군이 모두 처형된 자리에서 종리천은 벌써부터 그의 마음을 읽은 듯 걱정스런 눈빛으로 바라보는 군사 이엄을 향해 물었다.

"어떻게 하면 아이들을 살릴 수 있는가?"

고지식하기가 대쪽 같아서 융통성이라고는 눈을 씻고 찾아봐도 없는 종리천도 차마 어린아이들만큼은 처형할 수 없었던 것이다.

이엄은 한참 고심한 끝에 답변을 내놓았다.

"오직 유황도(硫黃島)뿐입니다."

유황도는 최악의 감옥으로 소문난 유형지였다. 영락 원년에 세워져서 극악한 범죄를 저지른 자들만이 보내진다는 그 유형지는 사십 년이 넘도록 아직 누구도 탈출한 자가 없었다.

현세의 지옥이라고 불리는 유배지이기도 했는데, 이엄은 아이들을 살림으로써 황명을 어기게 되는 종리천을 구하기 위한 방법으로 유황도를 선택한 것이다.

"그럼 보내라. 그것이 유일한 살길이라면."

사백여 명의 아이들은 그렇게 유황도로 보내졌다.

제일장

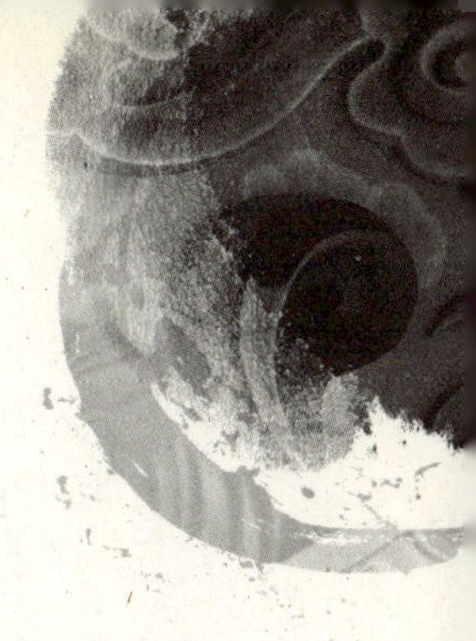

그리고
십 년이 흘렀다.

    *   *   *

감숙성의 북서부에 북으로는 고비 사막, 남으로는 기련 산맥에 막혀 자연스럽게 긴 복도 형태의 지형을 이루는 바람에 하서회랑(河西回廊)이라고 명명된 교통로의 마지막을 장식한 도시가 있다.

돈황이다.

　돈황은 역사적, 지리적으로 매우 혼란한 지역이다. 한나라 때에 생긴 비단길의 관문이요, 국경인 옥문관과 가장 가까운 도시이기 때문이다.

　그리고 동서 무역의 대상들이 수시로 왕래하는 길목이자 중국 본토와 새외(塞外)라 불리는 만리장성 밖의 서역 지방을 연결하는 완충 지대로, 그런 환경 속에서 이득을 취하려는 부랑자들과 범죄자들, 또는 국외 탈출을 노리는 망명자들이 우글거리는 곳이다.

　마태룡(馬太龍)이 바로 그곳, 교역과 범죄의 도시 돈황의 서쪽 성문 앞에 도착한 것은 경사순천부(京師順天府, 지금의 북경)를 벗어난 지 정확히 보름 하고도 한나절이 흐른 저녁, 유시(酉時, 5시~7시) 말이었다.

　달이 떠서 그다지 어둡지는 않았다.

　다만 바람이 거셌고, 몹시도 추웠다. 돈황의 기후는 여름에는 매우 덥고 겨울에는 매우 추우며, 낮에는 뜨겁고 밤에는 차갑다더니 정말이었다. 갓 백로(白露, 9월 8일경)가 지난 초가을임에도 다른 지방이라면 겨울이라고 착각할 정도의 날씨였다.

　마태룡은 몸을 움츠리고 한 차례 부르르 떨며 말에서 내렸다. 여독에 지친 삭신이 비명을 지르고 있었다. 그는 한

동안 욱신거리는 허리를 두드리며 주변을 훑어보다가 말했다.

"그자 이름이 뭐라고 했지?"

"유진충(柳眞蟲)이라고 했습니다."

그의 뒤에 시립해 있던 삼십 대의 흑의(黑衣) 사내, 길잡이로 따라온 왕현(王玹)이 심드렁하게 대답했다. 습관처럼 잊을 만하면 반복되는 질문이라 짜증스럽기도 하련만, 그의 태도는 늘 그렇듯 마른 나무토막처럼 아무런 변화가 없었다.

마태룡이 거듭 물었다.

"나이와 용모는?"

"서른 후반이고 마른 체구에 짝눈이라고 했지요. 염소수염을 길렀고."

"관복을 걸쳤을까?"

"글쎄요? 사전에 조용히 움직이고 싶다고 통고해 두었으니 눈치가 있는 작자라면 평복을 하지 않았을까요?"

"그럼 저자일 가능성이 높군."

마태룡의 시선은 벌써부터 한 방향에 고정되어 있었다. 적잖은 사람들이 왕래하는 성문과 조금 떨어진 나무 아래 그늘이었다. 거기 한 사람이 싸늘한 바람을 무시한 채 의자에 앉아서 꾸벅꾸벅 졸고 있었다.

왕현이 졸고 있는 사내를 확인하고는 고개를 끄덕였다.

"거의 확실하군요."

졸고 있는 사내는 설명과 일치하는 용모였다.

"근데 주변에 한두 놈이 아닌걸요."

왕현이 의미심장하게 뇌까리며 마태룡을 보았다.

마태룡은 대수롭지 않게 미소를 지어 보였다. 그도 이미 감지하고 있었다. 적어도 십여 명의 사람이 나무 아래 그늘에서 졸고 있는 사내를 기점으로 사방에 퍼져서 행인처럼, 혹은 그림자처럼 기척을 감추고 숨을 죽인 채 그들을 주시하고 있었다.

"요즘 뒤 안 구린 관리도 있다던? 이게 당연한 반응인 거야. 난데없이 금의위의 감찰관이 들이닥친다는 연락을 받았는데 이 정도 대비도 안 한다면 그게 오히려 이상한 거지."

태연히 대꾸하는 마태룡의 말에 왕현이 오묘한 눈초리를 던지며 고개를 갸우뚱했다.

"그 말인즉, 저들이 다 도부수(刀斧手)일 수도 있다는 제 생각이 옳다는 거지요?"

"그럴 리가."

마태룡은 짧게 부정하고는 미소를 지으며 가볍게 왕현의 어깨를 두드렸다.

"썩은 관리가 그 정도나 대범하기까지 하면 세상 무서워서 어떻게 살겠어? 그저 지레 겁먹고 혹시 몰라서 대비한 것일 테니 그냥 그러려니 하고 넘기자고."

마태룡이 솔선수범하는 모습을 보이겠다는 듯, 사내에게 다가갔다. 그리고 태평스럽게 졸고 있는 사내의 정강이를 발로 툭툭 차서 잠을 깨웠다.

"어이, 그만 일어나시지."

사내가 잠에서 깨어나며 눈을 떴다. 정신을 수습하는 듯 게슴츠레한 눈으로 마태룡을 보면서 입맛을 다시고 몸을 긁적거리며 기지개를 펴던 사내가 이윽고 시큰둥한 목소리로 물었다.

"마 대인이시오?"

대인이라는 호칭은 '대인군자'의 준말로, 단순히 연배 높은 남을 높여 부르는 데 쓰이는 말이기도 하지만 실제 높은 관직에 있는 사람을 이르기도 한다.

마태룡의 경우는 후자에 속하는데 물론 아는 사람만 아는 얘기였고, 사내가 그를 그렇게 부른 것은 마태룡의 정체를 알고 있다는 의사표현이었다.

초면인 사십 대의 사내가 이십 대 초반인 마태룡을 대인이라고 부를 이유가 달리 어디에 있을 것인가.

"내가 대인까지는 몰라도 마씨인 것만큼은 확실하지. 그러는 귀하는 내가 여기서 만나기로 약속한 유진충이라는 옥감(獄監, 감옥을 관리 감독하는 직책의 하나)이 맞나?"

짝눈에 염소수염의 사내는 그의 질문을 무시하며 삐딱한 시선으로 바라보다가 불쑥 손을 내밀었다.

"죄송하지만 무언가 신분을 증명할 만한 물건을 먼저 확인해야겠소만."

마태룡은 사내가 내민 손을 보고 시선을 들어서 얼굴을 확인했다.

사내의 태도는 매우 경직되어 있었다. 도발까지는 아니더라도 예의나 존중 따위와 거리가 먼 것만큼은 분명해 보였다.

은근히 비위가 상한 그는 냉정해졌다. 그는 화가 나면 오히려 차가워지는 부류의 사람이었다.

하지만 마태룡은 보란 듯이 발끈하며 안색을 붉혔다. 그게 본연의 성격인 것처럼 위장한 것인데, 상대를 한번 찔러 보고 싶어서였다.

"이거 뭐야? 감히 누구한테 신분 증명을 요구하는 거지? 장성 밖에서 살다 보니 금의위의 권위 따위는 안중에도 없다는 건가?"

"죽일까요?"

왕현이었다. 그의 오른손은 어느새 허리춤에 매달린 칼

자루를 잡고 있었다. 마태룡의 생각을 한눈에 읽고 맞장구를 치고 있는 것이다.

염소수염의 사내는 물러서지 않고 오히려 두 눈을 사납게 부라리며 그들을 번갈아 보았다. 여차하면 싸움도 불사하겠다는 기색이 역력한 모습.

마태룡은 짐짓 당황한 척하며 왕현의 행동을 막았다.

"아, 아니, 굳이 그럴 필요까지야 있나. 그저 절차상의 문제인 것을……."

그는 한껏 오만한 미소를 지으며 품에서 금빛으로 빛나는 육각형의 신패 하나를 꺼내 보였다. 두 마리 용이 감싼 중앙에 황(皇) 자가 양각되어 있고, 그 아래로 순찰즙포교위라는 지위가 새겨진 명실 공히 금의위의 신패였다.

염소수염의 사내가 냉정한 눈길로 신패를 확인했다. 마태룡이 잠시 여유를 두었다가 거만하게 말했다.

"이제 그쪽의 신분을 밝힐 차례가 아닌가?"

염소수염의 사내가 조금 누그러진 표정을 지으며 들고 있던 검을 정중히 두 손으로 잡아서 그 검병을 눈높이로 올리는 예법을, 이른바 포검식(抱劍式)을 취했다.

"유황도에서 통령직을 수행하고 있는 유진충이라고 하오. 이렇게 만나게 돼서 반갑소이다, 마 대인."

전혀 반갑지 않은 태도로 반갑다고 말한 염소수염의 사

내, 유진충이 은근하게 불편한 심기를 담은 눈길로 왕현을
힐끗 일견하며 재차 물었다.

"헌데 저쪽 분은 뉘신지……?"

"길잡이로 나선 왕가요."

마태룡은 대수롭지 않게 대꾸해 놓았다가 이내 무언가
부족하다고 느끼고는 어색한 미소를 지으며 한마디 덧붙였
다.

"물론 금의위 위사이기도 하고."

유진충이 고개를 끄덕이며 왕현에게 인사를 건넸다.

"만나서 반갑소, 왕 위사."

왕현이 대충 형식적으로 인사를 받고는 말없이 유진충을
외면했다. 유진충을 무시하는 기색이 역력한 거만한 모습
이었다.

유진충의 안색이 조금 굳어졌다. 왕현의 거만한 태도가
불쾌한 모양인데, 아주 잠시 스친 감정이었다. 그는 이내
헛기침을 발하며 안색을 풀었다.

이해할 수 있는 일이었다.

명대의 일반적인 감옥은 옥주 예하에 총장령과 통령, 부
통령, 그리고 장관을 두어 감옥의 모든 대소사를 총괄하며
군졸을 다스리는데, 유황도 역시 그 범주를 크게 벗어나지
않았다.

결국 유진충은 유황도에서 서열 삼 위에 해당하는 고급 군관으로, 직급으로만 놓고 비교하면 교위나 위사 따위는 그의 발끝에도 못 미치는 미관말직이라고도 볼 수 있었다.

그러나 유진충은 교위인 마태룡은 둘째 치고, 위사인 왕현조차도 아랫사람처럼 막 대할 수 없었다.

누가 뭐래도 상대는 대내 무반의 꽃으로 불리며 동창과 더불어 명조(明朝) 공포 정치(恐怖政治)의 산실(産室)이자, 권력의 핵심으로 분류되는 금의위 소속이었다.

고관대작도, 군부의 장군도 금의위 위사 앞에서는 오금을 펴지 못하고 눈치를 보는 것이 작금의 현실인데, 하물며 일개 군관에 불과한 그가 어찌 그럴 수 있을 것인가.

그는 이러니저러니 하며 은연중에 거부감을 표출하기는 해도 노골적으로 적대감을 드러낼 수는 없는 입장이었다.

유진충은 쓰게 입맛을 다시고는 말했다.

"절차상의 문제로 마음이 상하셨다면 용서를 구하겠소. 늘 흉악범만 상대하다 보니 의심병이 생겨서 그렇소. 아시는지 모르겠지만, 유황도는 다른 곳과 달리 침습을 노리는 외인이 많기도 하고 말이오."

입으로는 용서를 구한다고 하면서 전혀 그렇지 않은 태도로 그럴 수밖에 없다는 식의 이유를 설명하는 유진충이었다.

그러고 보면 유진충은 의지와 무관하게 제 속내를 그대로 노출할 정도로 자기감정에 솔직한 사람인 것 같았다.

그렇지 않다면 명색이 병졸을 지휘하는 군관이 지금처럼 은연중에라도 그를 향한 적대감을 드러낼 리는 만무한 일이었다.

어쩌면 상대가 그렇게 느낄 수밖에 없을 정도로 기만술에 능통한 사람인지도 모르는 일이지만.

마태룡은 그와 같은 유진충의 태도를 예리하게 파악하며 약간은 불쾌한 감정을 담은 목소리로 말했다.

"우리도 그렇게 봤다는 거니 결코 기분 좋게 들리는 소리는 아니지만, 나 역시 다른 사람을 볼 때 그런 시선으로 보는 경우가 태반이니 이해 안 할 수도 없군."

유진충이 기다렸다는 듯 웃는 낯으로 말을 받았다.

"이해해 주시니 감사하오. 너무나도 허무맹랑한 이유로 감찰을 나온다는 연락을 받고 은근히 마음 상해 있었는데, 그나마 마 대인과 같은 호인이 오셔서 정말 다행이오."

그는 문득 참고 있던 감정이 폭발했던지 갑자기 열변을 토했다.

"그리고 이왕지사 말이 나온 김에 하는 말인데, 처음에 연락을 받고 나서 우리가 정말이지 얼마나 황당했는지 모르오. 터무니없어도 유분수지, 유황도를 탈출한 죄인이 있다니, 그게 말이 돼야 말이지요. 이제 마 대인도 가서 보면 알겠지만, 유황도는 신이 아닌 이상 일단 감금되면 절대 빠져나올 수 없는 뇌옥이오. 그런데 도대체가 그따위 헛소문을 믿고 부화뇌동하는……."

흥분해서 언성을 높이던 유진충이 뒤늦게 자신의 실수를 깨달았던지 헛기침을 발하며 말을 얼버무렸다.

"아, 뭐…… 물론…… 이건 마 대인을 두고 하는 소리는 아니오. 마 대인도 명령에 따라서 어쩔 수 없이 나섰을 테니 말이오."

마태룡은 짐짓 어수룩하게 보이는 미소를 짓고는 괜한 신경 쓰지 말라는 듯 두 손을 휘저으며 유진충의 말에 동조하고 나섰다.

"괜찮소. 무슨 의미로 그런 말을 하는지 나도 알고 있으니까. 나도 듣는 귀가 있는데 유황도가 어떤 곳이라는 것을 왜 모르겠소. 이제야 말이지만 사실 나도 믿지 않고 있소. 유황도를 탈출한 죄수가 있다니, 그것도 한두 명이 아니라 열한 명씩이나! 정말이지 말도 안 되지."

마태룡은 말하다가 보니 잊고 있던 짜증이 되살아난 듯 문득 오만상을 찡그리며 신경질적으로 투덜거렸다.

물론 의도적으로 꾸민 행동이었다.

"그런 말도 안 되는 이유 때문에 엉덩이에 물집이 생기면서까지 말을 갈아타며 이 먼 길을 달려오게 되다니, 정말 이지 다시 생각해 봐도 어이가 없네, 젠장!"

유진충이 묘한 표정으로 마태룡의 기색을 살폈다. 마태룡의 태도가 진실인지 아닌지를 판별하려는 것 같았다.

마태룡은 그런 유진충의 모습을 정확히 파악하고 있으면서도 모르는 척 외면했다.

그는 거듭 마뜩찮은 표정으로 구시렁거리다가 짐짓 이건 아니다 싶은 표정을 지으며 유진충을 채근했다.

"이럴 것이 아니라 어서 서두릅시다. 이런 일로 시간 끌 필요가 뭐 있나 싶소. 탈출했다는 소문의 죄수들이 여전히 유황도에 있다는 것만 확인하면 끝날 일이니 후딱 해치우고 돌아가서 술이나 진탕 마셔야겠소."

술이라는 말에 혹한 것인지, 아니면 이제야말로 마태룡의 태도가 진실이라고 믿기 때문인지는 몰라도 유진충이 기다렸다는 듯 그의 말에 호응했다.

"알겠소이다. 술이야 저희 쪽에서도 얼마든지 대접할 수 있습니다만, 우선은 공무를 마쳐야 할 테니 그건 잠시 뒤로 미뤄 두도록 하지요."

나중을 기대하라는 듯 은근한 어조로 말을 끝맺은 유진충이 손가락을 퉁겼다. 신호였다.

한 차례 말울음이 들리더니 태양혈이 불끈 솟은 장신의

사내를 어자석(御者席)에 태운 마차 한 대가 뒤쪽 어둠을 뚫고 나타나서 그들에게 다가왔다.

다리가 짧은 대신에 힘 좋게 생긴 근육질의 몽고마 네 마리가 끄는 검은색 일색의 사두마차였다.

마차가 멈추어 서자 유진충이 마차의 문을 열며 말했다.

"오르시지요. 먼 길을 오시느라 피곤하실 텐데, 이제부터 유황도까지는 본관이 편히 모시도록 하겠소이다."

그 순간 마태룡은 눈앞에 나타난 사두마차가 대기하고 있던 위치를 파악하고 있었다. 그와 왕현을 주시하던 암중인들이 마차의 움직임에 따라서 조용히 준동하는 게 느껴졌다.

하지만 그와 같은 주변의 변화를 예리하게 느끼고 있으면서도, 추호도 내색을 삼가며 짐짓 어수룩하게 웃는 낯으로 마차에 올랐다.

"그렇지 않아도 몇 날을 마상에서 지내느라 엉덩이가 헐 지경이었는데 마차라니 다행이군그래."

왕현이 마차에 오르는 마태룡을 향해 말했다.

"저는 그냥 말을 타고 따라가지요. 대인의 말도 끌고 가야 할 테니……"

마태룡이 무언가 대꾸를 하기도 전에 유진충이 나섰다.

"그러지 말고 함께 타시오. 말들은 우리가 알아서 처리하겠소."

마태룡이 거들었다.

"그래, 어서 타라. 성의를 무시하는 것도 예의가 아니잖아."

왕현이 그제야 마지못한 듯 마차에 올랐다.

유진충이 흡족한 미소를 짓고는 뒤따라서 마차에 오르며 어자석의 사내에게 눈짓을 보냈다.

순간 마차가 움직이더니 이내 무섭게 속도를 내서 달리기 시작했다.

사전에 모종의 약속이 되어 있었던지 정용(丁勇, 수문(守門) 병사의 직함)들이 지키고 있는 성문을 그대로 달리며 통과했다.

마태룡은 내심 적잖게 감탄했다. 검문검색 하나 없이 성문을 통과해서가 아니었다.

앞서 그들을 주시하고 있던 암중인들의 기척이 여전히 마차의 주변에서 느껴지고 있었다.

암중인들이, 아마도 유진충의 수하들이 마차와 같은 속도로 달리고 있는 것이다.

'유황도가 들어갈 수는 있어도 나올 수는 없다는 천하삼대불귀뇌옥의 하나라는 소문이 결코 과장된 것만은 아니었군. 이 정도 경공이라면 여느 강호 명문의 제자들과 버금갈

정도로 뛰어나겠어.’

마태룡은 내심 그런 생각을 하면서도 겉으로는 무언가 두려운 것 같은 표정을 연출하며 마른침을 삼켰다.

그리고 마주 앉은 유진충을 향해 물었다.

“헌데 여기서 유황도까지는 시간이 얼마나 걸리는 거요?”

“넉넉잡고 하루 반나절이면 충분하오.”

대수롭지 않게 대답하던 유진충이 무언가 불안한 기색인 마태룡의 모습을 확인하더니 히죽 웃으며 덧붙였다.

“물론 별일이 없으면 말이오.”

제이장

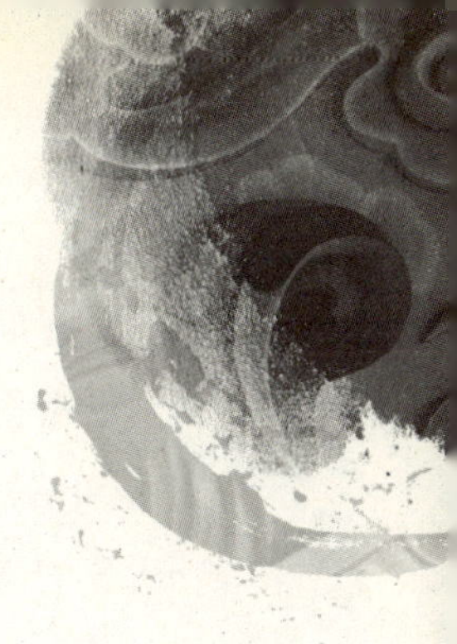

　돈황의 서쪽 성문을 통과하면 곧바로 고비 사막이다. 길다운 길이 없는 이 고비 사막을 북서로 이백오십 리가량 달리면 돈황과 서역 지방과의 연결 통로인 옥문관이 나오고, 옥문관을 벗어나서 만나는 대사막의 북쪽 길을 따라가면 바로 천산산맥을 거치는 서역북로였다.

　다만 마태룡이 느끼기에 마차는 옥문관을 벗어나긴 했으나 서역북로를 타지는 않았다. 마차는 대사막에 올라서는 순간에 남서쪽으로 방향을 틀더니 길이라고 생각할 수 없을 정도로 요동치는 길을 따라서 달리고 있었다.

　느낌상으로는 대략 대사막의 동남쪽에 자리한 호수인 나

포박호(羅布泊湖) 방향으로 향하는 것 같았는데, 그게 사실이라면 유진충이 말미에 '별일이 없으면' 이라고 덧붙인 농담 한마디는 단순한 사족이 아니었다. 나포막호 주변은 대사막을 근거지로 활보하는 도적단인 광풍사(狂風社)가 자주 출몰하는 지역이기 때문이다.

광풍사는 비단길을 오가는 대상단은 물론 대막 주변의 성까지 습격할 정도의 강맹한 세력으로 관부조차 우습게 아는 약탈자들이었다.

대막의 미친바람이라고 불리는 광풍사에게 걸려든다면 단순히 별일 정도로 끝나지는 않을 게 분명했다.

그러나 다행히도 우려하던 별일은 일어나지 않았다.

중도에 마차를 끌던 말이 지쳐서 서너 번 교체했던 정도의 시간을 빼면, 아무 일 없이 쉬지 않고 달려서 무사히 목적지에 도착했다.

저 멀리 길게 늘어진 모래 능선의 굴곡이 달빛 아래 신기루처럼 아련하게 보이는 장소였다.

풀 한 포기 없는 황폐한 사막의 중심인 그 자리에 난데없이 산 하나가 우뚝 솟아나 있었다. 일반적인 중원의 산과 달리 온통 기암괴석으로만 꽉 들어찬 바위산이었다.

그런데 가까이 다가가 살펴보니 바위산 외곽에 높은 담이 있고 그 담 너머에는 기기묘묘한 절벽과 바위들 사이로 세운 집들과 건물들이 있었다.

그곳이 바로 유황도였다.

유황도는 이름처럼 섬은 아니었으나 흡사 섬처럼, 사막 속에 자리 잡은 하나의 바위산을 중심에 두고 세워진 거대한 성채였던 것이다.

돈황을 떠난 지 하루 반나절이 지난 축시(丑時, 오전1시~3시) 무렵이었다.

어둠을 뚫고 사막을 달리던 마차는 그렇게 마침내 유황도의 성채로 들어섰다.

성문 안은 사방으로 벽돌길이 깔려 있었고 그중에서 성문과 마주 보며 전면으로 뚫려 있는 길이 끝나는 곳에는 거대한 철문 하나가 자리해 있었다. 깎아지른 절벽 아래 자리한 그 철문은 바로 바위산의 내부로 진입하는 통로였다.

겉으로 드러난 것이 전부가 아니었던 것이다. 바위산의 외부가 아니라 내부가 바로 진짜라고 말할 수 있었다.

하지만 그보다 더한 진짜는 따로 있었다.

바위산의 지하이다.

바위산의 지하에는 지상의 몇 배에 달하는 공간이 꾸며져 있으며, 거기가 바로 죄수를 감금하는 감옥이라는 것이 유진충의 설명이었다.

알고 보니 선주민들이 대막의 뜨거운 열기를 피하기 위

해서 바위산을 뚫고 그 지하에 생활공간을 만든 것이 바로
유황도의 유래였던 것이다.

"먼 길에 수고하셨소. 우선 객청으로 모실 테니 식사라
도 하면서 잠시 푹 쉬고 계시오. 곧 날이 밝는 대로 도주님
과의 자리를 마련하겠소이다."

철문을 통과해서 바위산의 내부로 진입한 마차는 이내
거대한 대청처럼 보이는 방원 십여 장(丈, 3미터)가량 크기
의 광장에 도착했다. 신기하게도 족히 오 장은 됨직한 높
이의 천장 가운데가 훤하게 뚫려 있어서 하늘을 볼 수 있는
동굴 광장이었다.

유진충은 마태룡과 왕현을 거기 광장에 내려놓으며 안내
자를 붙여 주었다.

"이쪽으로 오십시오."

유진충이 붙여 준 안내자는 급히 연락을 받았던지 십여
명의 군졸들을 이끌고 허겁지겁 광장에 나타난 이십 대의
젊은 군관이었다.

그는 유진충의 눈짓에 따라서 마태룡과 왕현을 광장의
사방에 뚫린 동굴 네 개의 동굴 중 가장 우측의 동굴로 안
내했다.

유진충은 마태룡 등이 젊은 군관의 뒤를 따라서 동굴 속
으로 들어가는 것까지 확인하고 나서야 움직였다. 마태룡

등이 들어간 동굴과 반대되는 방향의 동굴이었다.

동굴의 높이는 일 장이나 되었고 폭은 장정 다섯 사람이 어깨를 나란히 하고도 충분히 걸어갈 수 있을 정도로 넓었다.

또한 일정한 간격을 두고 같은 크기의 동굴이 좌우로 뚫려 있었다.

만일 바위산 내부의 모든 통로가 그런 식의 구조로 이루어져 있다면, 바위산의 내부는 그 자체로 하나의 미로인 셈이라 어지간한 사람도 쉽게 길을 찾을 수 없을 터였다.

하지만 유진충은 이리저리 방향을 바꾸면서도 길을 잃지 않고 원하는 목적지에 도착할 수 있었다.

일다경가량, 굽이굽이 이어진 동굴 통로를 걷다가 막다른 골목처럼 갑자기 통로가 끝나며 나타난 문을 통과해서 들어 선 이십여 평의 공간이었다.

하나의 대전처럼 꾸며진 그 공간의 주인은 두 개의 문을 배경으로 한 전면 상단의 태사의에 앉아서 그를 기다리고 있었다.

투박하게 느껴질 정도로 선이 굵은 얼굴에 반백의 머리카락을 뒷덜미에서 단정하게 묶은 육십 대의 비대한 노인.

바로 유황도의 도주인 송계악(宋契岳)이었다.

유진충은 밝은 청색의 융단이 깔린 대전의 중앙에 나서

서 송계악을 향해 머리를 숙였다.

"다녀왔습니다, 도주."

송계악이 대충 손을 흔들어서 인사를 받았다. 그리곤 매사에 신중하던 평소와 달리 수고했다는 말 한마디 없이 다그치듯 본론을 꺼냈다.

"그래, 결과는?"

마태룡 등에 대해서 묻는 것이다.

유진충은 조금 당황했으나 망설이지는 않고 보고했다.

"금의위 소속 교위 마태룡과 위사 왕현이라는 자, 그렇게 두 사람이고, 이번 감찰의 목적은 확실히 지급으로 연락받은 것처럼 탈옥수에 관한 소문 때문인 것 같습니다."

송계악이 인상을 쓰며 물었다.

"이미 예상하고 있던 그런 것 말고, 다른 특이 사항은 없나? 그래도 하루 넘게 동행했으니 눈에 띄는 행동거지나 성격 같은 것이 있을 거 아냐."

유진충은 잠시 머뭇거리다가 생각한 바를 털어놓았다.

"교위 마태룡은 금의위와도, 그리고 이번 일과도 어울리지 않는 자였습니다. 뭐랄까, 단순히 나이가 어려서라는 느낌이 아니라 마냥 귀하게 자라서 매사에 귀찮은 일을 싫어하는 유형의 인물이랄까요. 단적으로 이번 일에 나선 것에 대해 몹시도 짜증스러워하고 있더군요. 쓸데없이 귀찮은 일에 나섰다고 하면서…… 그래서 제가 보기에는 그보다 위사인 왕현이라는 자가 더 다루기 까다로운 인물이라는 생각입니다. 무게감으로만 따져도 왠지 그들 두 사람의 지위가 뒤바뀐 것 같다는 느낌이 들 정도였습니다.”

송계악이 무슨 말인지 알겠다는 듯 고개를 끄덕이며 중얼거렸다.

“한마디로 애송이 상관에 산전수전 다 겪은 너구리 부하가 딸려 왔다는 건가?”

정확한 지적이었다. 유진충은 인정했다.

“이를테면 그렇습니다.”

송계악이 잠시 턱을 만지며 생각하다가 물었다.

“설마 여기 사정을 전혀 모를 정도로 애송이 녀석은 아니겠지?”

“그게…….”

유진충은 겸연쩍은 얼굴로 고개를 숙였다.

“미처 그건 확인해 보지 않았습니다. 당연히 알고 있을 것이라고 생각해서…….”

“하긴, 그 정도의 애송이를 감찰관으로 보내지는 않았겠지.”

송계악이 어깨를 으쓱이고는 재우쳐 물었다.

“내일 아침에 보자고 했나?”

“예, 그렇게 전해 두었습니다.”

“거처는 어디로?”

“지시하신 대로 영빈관에 모셨습니다.”

“접대에 소홀함이 있어서는 안 돼. 명색이 감찰관이잖나.”

“여부가 있겠습니까. 애들에게 최선을 다하라고 일러 두었습니다.”

“애들 너무 믿지 말고 자네가 직접 가서 확인해. 괜히 일 그르치게 하지 말고.”

“알겠습니다. 그리하겠습니다.”

송계악이 잠시 입을 다물고 무언가 더 할 말이 있는지 생각하는 듯하다가 이내 미소를 지으며 손을 흔들었다. 이제 되었으니 그만 나가 보라는 축객령이었다.

“그럼 소관은 이만······.”

유진충은 두말없이 고개를 숙이고는 곧바로 돌아서서 대전을 빠져나갔다. 몹시도 서두르고 있는 발길이었다.

그럴 수밖에 없었다.

그는 익히 잘 알고 있었으니까.

송계악은 좋게 말하면 치밀하고 나쁘게 말하면 속이 좁아서 자신의 명령이 곧바로, 그리고 철저히 이행되지 않으면 참지 못하는 성격이었다.

만족스럽지 못한 보고를 들고 왔으니 미적거리다간 또 무슨 말을 들을지 알 수 없었다.

그의 그런 마음을 아는지 모르는지, 송계악은 가만히 태사의에 앉아서 대전을 벗어나는 유진충을 무심하게 지켜보고만 있었다. 그러다가 대전 밖으로 나간 유진충의 기척이 완전히 사라지고 나서야 천장을 바라보며 입을 열었다.

"어떤가, 환사(幻士)? 유 통령의 말대로던가?"

대전의 천장은 반질거리는 바위의 단면이었다.

사람이 숨어 있을 곳이라고는 눈을 씻고 찾아보아도 찾을 수 없는 그 천장의 어딘가에서 사람의 목소리가 들려왔다.

정말이지 절로 소름이 돋도록 음산하게 느껴지는 목소리였다.

"그렇습니다. 정확한 설명입니다. 다만……."

환사가 문득 말꼬리를 흐렸다.

"다만?"

송계악이 눈썹을 찌푸리며 말꼬리를 잡았다.

"걸리는 것이 있다는 건가?"

환사가 대답했다.

장내에는 눈에 보이는 사람이 아무도 없지만 그의 목소리는 여전히 대전 한가운데에 있는 것처럼 허공을 맴돌고 있었다.

"이름 마태룡. 나이 스물다섯. 직급 금의위 교위. 황제 직속인 도찰원(都察院) 소속 십삼도감찰어사(十三道監察御史)의 수장인 마명학(馬明鶴)의 독자이고, 문무를 동일시 여기는 마명학의 적극적인 지원으로 일찍이 하북의 검호인 풍령검(風靈劍) 이몽양(李夢洋)을 사사함. 아버지의 후광에 힘입어 지닌바 능력과 무관하게 금의위 내에서 상급의 위상을 가지고 있으나, 성마르고 되바라진 성격으로 인해 교우 관계가 원만하지 않음."

뜬금없이 사무적인 어조로 마태룡에 대한 설명을 늘어놓은 환사가 확인하듯 물었다.

"이것이 앞서 도주께서 제게 알려 주신 마태룡에 대한 정보입니다. 맞습니까?"

"그래서?"

송계악이 무심히 되물으며 천장에 고정되었던 시선을 대전의 중앙으로 내렸다.

그와 동시에 놀라운 일이 벌어졌다. 새롭게 그의 시선이 고정된 대전의 바닥이 거무튀튀한 빛깔로 변하면서 마치 물결이 출렁이듯 흔들리더니, 이내 검은 구체 하나가 불쑥 솟아나며 서서히 부풀어 오르기 시작했다.

그 속에서 환사의 목소리가 들려왔다.

"제가 본 마태룡은 알려 주신 정보와 정확하게 일치하는 인물이었습니다. 조금도 틀림이 없더군요. 이상하게 들리실지 모르겠지만 저는 그게 마음에 걸렸습니다."

이 말이 흘러나오는 동안 풍선처럼 부풀어 오르던 검은 구체가 이리저리 비틀리더니 대번에 사람의 형상으로 바뀌었다.

검은 물감을 뒤집어쓴 듯 얼굴마저 검어서 표정을 읽을 수 없는 흑의인.

사람이라기보다는 그저 검은 그림자로 보이는 인간, 환사의 모습이었다.

송계악은 누구나 놀랄 만한 일을 코앞에서 보면서도 놀라기는커녕 얼굴 표정 하나 변하지 않는 모습으로 말을 받았다.

그에겐 이미 익숙한 광경이었다.

"너무 정보와 일치해서 의심스럽다?"

환사가 예의 음산한 목소리로 말했다.

"물론 저의 기우일 수도 있습니다만……."

송계악의 눈빛이 이채롭게 빛났다.

"놀랍군. 환사 자네가 이처럼 자신 없어 하는 모습을 보이다니 말이야."

"죄송합니다."

환사가 고개를 숙이며 변명처럼 말을 덧붙였다.

"사전에 입수한 정보와 너무 일치해서 의심스럽다는 것은, 제가 생각해도 모순적인 판단이 아닌가 싶어서 그렇습니다."

송계악이 눈가를 가늘게 좁혔다.

"혹시 마태룡이 우리를 기만하고 있다는 건가? 본디 그런 자가 아닌데 그런 자인 것처럼 행세하며 우리의 눈을 속이는 것이다?"

환사가 한참 만에 대답했다.

"그게 아니면 누군가 마태룡의 흉내를 내고 있는 것일 수도 있지요. 어차피 그 어느 것도 가능성의 문제인지라 앞서 밝혔듯 그저 단순한 저의 기우일 수도 있지만 말입니다."

"음……."

송계악은 태사의 깊게 어깨를 묻으며 잠시 생각에 잠겼다.

그가 아는 환사는 고굉지신(股肱之臣)을 자청하는 수하는 아니지만, 거짓을 모르고 과장이 없는 사람이었다.

무엇보다도 사람을 보는 눈이 뛰어났다.

그가 환사에게 마태룡을 마중하러 나가는 유진충의 뒤를 따라가 보라는 밀명을 내린 이유가 거기에 있었다.

환사라면 유진충이 보지 못하는 부분을 볼 수 있을 것이라는 확신이 있었고, 또한 그 어떤 사소한 것이라도 가감 없이 본 그대로 보고할 것임을 믿어 의심치 않았기 때문이다.

그런 환사가 스스로도 모순이라고 생각하는 의견을 제시하고 있었다. 이건 분명 무언가 있다는 뜻이었다.

송계악은 심각하게 고민했다.

기실 그는 오래전부터 대내 무반의 요인들에 관한 정보를 관리하고 있었다. 그 자신처럼 변방의 유배지를 지키며 살아가는 수령에게 있어 그건 필수적인 덕목과도 같았다.

자리를 보존하기 위해서가 아니라 자리를 벗어나기 위해서였다.

지긋지긋한 이 땅에서 한시라도 빨리 벗어나려면 어떻게든 중앙 군부의 핵심이 되는 대내 무반의 요인들과 인연을 맺어야 했고, 그러기 위해선 그들에 대한 정보 관리가 필수적일 수밖에 없는 것이다.

그런 면에서 볼 때, 갑자기 시행된 이번 감찰은 그에게 적잖은 위기이면서 또한 적잖은 기회이기도 했다. 감찰의 원인이 신경 쓸 여지도 없는 헛소문에 불과하다는 것은 차치하고, 감찰의 주체가 금의위인 데다가 감찰관으로 나선 인물이 그가 평소 특별 대상으로 취급하던 마태룡이기 때문이다. 마태룡은 그가 그간 줄을 대려고 백방으로 노력하던 도찰원의 수장인 마명학의 아들인 것이다.

이번 기회를 잘 살려 어떤 식으로든 중앙 군부의 중핵을 이루는 마명학과 인연을 맺게 된다면 지난 십여 년간 노심초사하며 꿈꾸던 그의 숙원이, 바로 중앙 군부로의 진출이 실현될 수도 있었다.

지금 그가 평소와 달리 성마르게 굴면서도 한편으로는 더할 수 없이 신중하게 생각하는 이유가 거기에 있는 것이다. 무슨 일이 있어도 이번 기회는 절대 놓칠 수 없기에.

송계악은 거듭해서 신중하게 자신의 입장을 돌이켜 보다가 이윽고 말문을 열었다.

"만일 그렇다면 확인할 방법이 있을까? 그자가 진짜든 가짜든 무슨 목적으로 이곳에 왔는지 말이야."

환사가 대수롭지 않은 투로 대답했다.

"방법이야 없진 않지요. 그자를 당분간 붙잡아 두고 황궁으로 사람을 보내서 확인해 보면 됩니다. 제가 확인한 바에 따르면 그자가 인피면구 따위를 하고 있지는 않으니, 황궁으로 사람을 보내서 제대로 몇 군데만 짚어 보면 간단하게 답을 얻을 수 있을 겁니다. 적어도 그자가 진짜인지 가짜인지, 그리고 진짜라면 유황도에 온 진정한 목적이 무엇인지 정도는 말입니다."

옳은 지적이었다.

상대가 가짜라면 죽여 버리면 그뿐이니 다른 건 생각할 필요도 없었다. 하지만 송계악은 미간을 찌푸리며 고개를 저었다.

"그건 안 될 말이야. 지금 당장 경사로 사람을 보내도 족히 스무 날 이상이 걸릴 텐데, 그동안 무슨 수로 그자를 붙잡아 둔단 말인가. 명분이 없어, 명분이."

무력을 동원하는 것은 애초에 생각하지도 않는 송계악이었다. 무력을 동원했다가 상대가 진짜로 판명 날 경우 그 뒷감당은 정말이지 끔찍할 것이기 때문이다.

"그럼 남은 방법은 하나밖에 없습니다."

환사의 단호한 말이었다. 송계악이 물었다.

"뭐지, 그게?"

"하나를 잡아서 족치는 거지요."

송계악이 당최 모를 소리라는 듯 두 눈을 멀뚱거렸다. 하지만 그것도 잠시, 그의 낯빛이 서서히 바뀌어 갔다.

환사의 말을 이해한 것이다.

"왕현을……?"

환사가 말했다.

"저에게 약간의 시간만 주시면 그자가 십 년 전에 먹은 음식 이름까지 알아낼 수 있습니다."

송계악은 두 눈을 가늘게 좁히며 중얼거렸다.

"자네 실력이야 익히 잘 알고 있지. 근데, 나중에라도 문제가 되지 않을까?"

환사가 대답했다.

"그럴 리가요. 어떤 상황에서도 문제 될 일은 전혀 없을 겁니다. 도주님께서 그에 상응하는 대가만 지불하신다면 말입니다."

"하긴, 황금으로 막지 못할 사람의 입은 없지."

송계악은 씩 하고 웃으며 자리를 털고 일어났다.

"날이 밝으면 마태룡과 만날 생각이야. 이것저것 여기 유황도의 상황을 설명하려면 대략 한 시진 정도 걸릴 것 같은데, 그 시간이면 충분하겠지?"

"충분합니다."

환사의 자신 있어 하는 대답을 들으며 송계악은 입가에 한결 짙은 미소를 그렸다. 그는 그 상태로 대전을 벗어나면서 명령했다.

"그럼 그렇게 해."

*　　　*　　　*

유황도의 하루는 싸늘한 냉기만이 감도는 정적 속에 잠

들었던 어둠이 저 멀리 바람이 만든 모래 물결의 가장자리
부터 검푸른빛으로 점점 엷어지다가, 어느 한순간 갑작스
럽게 쏟아진 강렬한 햇살이 새벽의 야음을 헤집으며 모래
바다를 뜨겁게 달굼과 동시에 시작된다.

그렇게 날이 밝고, 새로운 하루가 시작되었다.

보통의 경우 유황도주인 송계악의 일상도 그때부터 시작
된다.

기계처럼 어김없이 그 시간이 되면 침상을 벗어나서 세
면을 하고, 내실에서 간단하게 식사를 끝낸 다음, 앞서 유
진충과 만났던 장소인 대전 취의청(聚議廳)에서 유황도의
수뇌진이랄 수 있는 직속 수하들에게 어제 일에 대한 보고
를 받고 오늘 일에 대한 지시를 내리는 조례로 하루를 여는
것이다.

송계악의 오늘 아침도 그 범주를 크게 벗어나지 않았다.
특별한 손님을 맞이하느라 늦게 잠들었음에도 불구하고 어
제와 다름없는 일과를 시작한 것이다.

다만 조례까지는 여느 때와 다름없이 진행되던 그의 일
과가 그다음부터 달라졌다.

조례가 끝나면 취의청에 모였던 수뇌진은 본래의 자리로
돌아가고 그 역시 유황도의 이곳저곳을 돌며 의례적이나마
순찰을 하다가 날이 저물면 거처로 돌아간다.

그것이 그의 나머지 일과였지만, 오늘 그는 조례를 끝내고도 수뇌진을 돌려보내지 않았다. 대신에 한 사람을 그 자리로 불렀다.

어제, 아니 오늘 새벽 환사에게 말한 것처럼 마태룡을 부른 것이다.

"어서 오시오, 마 교위. 본인이 여기 유황도를 책임지고 있는 송계악이오. 만나서 반갑소."

송계악은 평대를 하면서도, 다른 한편으론 자신을 굽히고 들어가는 묘한 방식으로 대화를 시작했다.

나이나 지위 고하와 상관없이 마태룡을 감찰관으로 인정하고 지극히 정중히 대우한다는 속내를 은근히 내비치고 있는 모습이었다. 연륜이 배어서인지 저자세라기보다는 그저 여유롭게 보이는 모습으로 위장되었지만 말이다.

그에 반해 마태룡은 누가 봐도 적잖게 주눅이 들어 있는 모습이었다.

당연한 일이었다.

송계악이 예의를 잊지 않고 태사의에서 일어나서 맞이하고 있으나, 기본적으로 그는 단신에 속하는 체구고 송계악은 보기 드문 장신이라서 올려다볼 수밖에 없었다.

더군다나 그의 좌우에는 유황도를 이끌어 가는 십여 명의 군관이 전원 삼엄한 기상을 풍기는 갑옷을 착용한 상태로 도열해 있었다.

어느 누구인들 이런 자리에서 위축되지 않는 모습으로 버틸 수 있을 것인가.

마태룡은 어색한 미소를 지으며 방만하게 주변을 두리번거리다가, 이내 애써 태도를 바로 하고는 송계악을 향해 두 손을 모았다.

"마태룡입니다. 말씀으로만 전해 듣던 송 도주님을 이렇게 직접 뵙게 되어 영광입니다."

"무슨 그런 과찬의 말을…… 마 교위의 입이 너무 달아서 이 사람의 얼굴이 다 붉어집니다그려."

송계악은 싫지 않은 얼굴로 말을 받아넘기며 하하 웃고는 넌지시 화제를 바꾸었다.

"그보다 너무 이른 시간에 자리를 마련한 것은 아닌지 걱정스럽소. 마 교위가 새벽에 도착했다는 보고는 받았소만, 내 딴에는 이렇게 다들 한자리에 모였을 때 만나서 인사를 나누는 것이 옳다고 느껴서 이리 서두른 것이니 너그럽게 이해해 주길 바라겠소."

마태룡이 웃는 낯으로 급히 손사래를 쳤다.

"아닙니다. 시간이야 아무래도 상관없지요. 저는 혹시라도 이번 감찰이 마뜩찮으셔서 노하신 바람에 이렇듯 일찍 호출한 것인가 하고 은근히 걱정했는데, 그게 아니라니 그저 천만다행입니다.”

송계악이 몹시도 당황스럽다는 표정을 지으며 말했다.

“무슨 그런 말이 다 있소? 일개 변방의 장수에 불과한 내가 정신이 나가지 않고서야 어찌 폐하의 명령에 화를 낼 수 있단 말이오. 천부당만부당이오. 그런 생각을 했다니, 마 교위가 이 사람을 너무 무지한 사람으로 보는 것 같아서 섭섭한 감정까지 드는구려.”

금의위가 황제에게 직속된 기관이라는 점을 부각시키는 한편으로, 대놓고 자신의 지위를 낮추어서 은근히 마태룡을 어려워하고 있다는 점을 강조하고 있는 송계악이었다.

그걸 아는지 모르는지, 마태룡은 대번에 겸연쩍은 미소를 지으며 몸 둘 바를 몰라 했다.

“이거 제가 괜한 소리를 했나 봅니다. 그저 말이 그렇다는 것이지, 어디 뜻이 그렇겠습니까? 사실 말이 나와서 하는 말이지만, 감찰이라는 게 제아무리 사소한 부분에 대한 것이라도 서로가 서로에게 거북할 수밖에 없는 일인데, 매도 빨리 맞으랬다고 이렇게 서둘러서 후딱 해치우면 저도 좋지요.”

“그렇게 생각해 주시니 고맙긴 한데…….”

송계악이 어느 정도 감정이 풀린 얼굴로 농담처럼 덧붙여 말했다.

“왠지 이곳에서 빨리 떠나고 싶다는 것 같아서 한편으로 썩 좋은 기분만은 아니구려. 혹시 어제 수하들의 대접이 부족했던 것은 아닌지……?”

“아닙니다, 아니에요. 그런 말씀 마십시오. 너무 과한 대접이라 오히려 당황스러웠을 정도로 충분히 만족했습니다.”

새삼 손사래를 치며 서둘러 대답하는 마태룡의 낯빛에는 왠지 모르게 붉은 기운이 떠올라 있었다.

송계악이 그걸 예리하게 간파하며 의미심장한 미소를 지었다.

기실 그는 알고 있는 것이다. 어제 마태룡에게 전해진 접대에는 술과 음식만이 아니라 여자가 포함되어 있었다는 사실을 말이다.

그는 은근히 마태룡의 붉어진 얼굴을 모르는 척 외면하며 넌지시 말했다.

“그렇다면 다행이오이다. 그래도 혹시나 마음에 들지 않는 것이 있다면 언제라도 기탄없이 말해 주시오. 마 교위가 온다는 전갈을 듣고 나서 이 사람도 나름대로 신경 써서 여러 가지를 준비해 두었으니 말이오.”

그는 문득 주변의 군관들을 슬쩍 일견하고는 마태룡에게 상체를 숙여서 한 마디 귀엣말을 보탰다.

"사실 오늘 굳이 마 교위 혼자만 이곳으로 청한 것도 그 때문이오. 일이 끝나면 뭐 좀 드릴 것이 있어서⋯⋯."

마태룡이 적잖게 당황한 듯 어색한 표정을 지으며 헛기침을 발했다. 기분 좋은 감정을 애써 감추려는 것처럼 보이는 행동이었다.

송계악이 탁 하고 이마를 치며 말했다.

"이런 내 정신 좀 봐. 내 말만 하느라 아직까지 수하들조차 소개하지 않았네그려."

그는 겸연쩍은 모습으로 마태룡을 바라보며 두 줄로 도열한 군관들을 가리키고 있었다. 노련하게 화제를 바꾸며 분위기를 이끌어 나가는 것이다.

"자, 어서 인사들 하게."

송계악의 말이 끝나기 무섭게 좌우로 도열해 있던 사내들이 하나씩 앞으로 나서며 인사했다.

"총장령 손영(孫榮)이오."

우측 선두에 서 있던 노인이었다.

총장령이라면 유황도주인 송계악의 바로 밑이라는 건데, 그래서인지 송계악과 비슷한 연배로 보였다. 단지 체구가 송계악과 상반되게 바싹 마른 데다가 얼굴에 잔흉터가 많아서 군부의 장수라기보다는 강호의 검객 쪽에 가까운 느낌이었다.

다음으로 나선 사람은 마태룡이 장내에서 유일하게 안면이 있는 사람, 유진충이었다.

"통령 유진충이오."

유진충은 이미 마태룡과 통성명을 나눈 사이임에도 불구하고 두 손을 모으며 정중하게 인사하고 있었다. 모사꾼처럼 기른 염소수염이 무색하게 고지식하기 짝이 없는 모습이었다.

"부통령 노상승(盧象昇)이오."

각진 얼굴에 주먹코를 가진 사내였다. 평범한 신장의 소유자이나 어깨가 눈에 띄게 넓어서 결코 작다는 느낌이 들지 않는 사내이기도 했다.

"부통령 양사창(楊嗣昌)이오."

또 하나의 부통령이었다. 앞서 소개한 노상승과 달리 곱상한 외모를 가진 사내로, 그래서인지 정확한 나이를 가늠하기가 어려웠다.

어떻게 보면 이십 대로 보이고, 또 어떻게 보면 사십 대로도 느껴지는 외모의 소유자여서 느낌이 남달랐는데, 칼이나 검을 착용하고 있는 다른 사람들과 달리 한 자루 장창을 곁에 세우고 있어서 특이하게 보였다.

하지만 다음으로 나선 사람은 더욱 특이했다. 유황도주 송계악이나 총장령 손영만큼이나 나이가 들어 보이는 노인이 나섰기 때문이다.

"총장관(總將官) 금사중(金獅仲)이오."

처음 금사중이 나서는 순간에는 적잖게 당황스러운 표정이던 마태룡의 얼굴은 총장관이라는 지위를 듣고 나서 이내 슬며시 풀어졌다.

그도 기본적으로 알고 있는 것이다.

통상적으로 군부가 관리하는 감옥의 경우 수장인 옥주와 그 옥주의 직속인 총장령, 그리고 통령과 부통령은 황실에서 임명하지만, 그들의 밑에서 실질적으로 군졸들을 지휘하며 감옥의 죄수들을 감독하는 직책인 장관의 경우는 조금 달랐다.

장관이라는 직책은 직접 죄인을 압송하거나 수감, 혹은 탈출한 죄인을 감당해야 하기 때문에 단순히 지휘를 위한 무관이 아니라 실질적으로 무력을 갖춘 무관이어야 했다.

따라서 그들은 대내 무반에서 선출한 다음 별도의 수련을 거쳐서 임명되거나, 그게 아니면 직접 무림의 고수를 초빙하는데, 유황도처럼 변방에 위치한 감옥은 후자의 경우가 대부분이었다.

그도 그럴 것이 군부의 장군으로서 감옥을, 그것도 변방의 감옥을 맡는 것은 한직으로 밀려났다고 볼 수 있는 일이고, 그런 사정을 다 아는 마당에 군부의 중앙이랄 수 있는 대내 무반의 누군가를 선출한다는 것은 어려운 일이기 이전에 눈치가 보이는 일이기 때문이다.

결국 총장관 금사중은 무림에서 초빙된 고수라는 뜻이니, 나이가 많다고 해서 이상하게 생각할 일이 아닌 것이다.

"그리고 이쪽은 본인과 함께 실무를 맡고 있는 장관들이오."

총장관 금사중이 인사를 끝내기 무섭게 곁에 서 있는 사내들을 가리키며 소개하고 있었다. 그의 소개에 따라서 사내들이 하나씩 나서며 인사했다.

모두 여덟 명, 각기 나이는 다른 듯했지만 하나같이 범상치 않아 보이는 사내들이었다. 이른바 초빙되어 온 무림의 고수들인 것이다.

물론 말이 좋아 초빙이고 무림의 고수지, 굳이 따지자면 대부분이 나름의 이유를 빌미로 돈에 팔려 온 낭인들이지만 말이다.

그렇게 장관들까지 차례대로 앞으로 나서서 인사를 끝내자 시종일관 미소를 지은 채 지켜보고 있던 송계악이 자리를 권했다.

"자, 그럼 이제 이쪽으로 앉읍시다."

대전의 한쪽에는 어제 없던 자리가 마련되어 있었다. 대여섯 명이 넉넉하게 앉을 수 있는 팔선탁이었다. 송계악의 안내에 따라서 거기 팔선탁에 마태룡과 총장령 손영이 착석했고, 그 뒤를 따라서 부통령인 유진충과 양사창, 그리고 총장관 금사중이 자리를 잡았다.

팔선탁에는 하나의 차병과 착석한 사람의 숫자와 일치하는 여섯 개의 찻잔이 준비되어 있었다.

송계악은 손수 차병을 들어서 각기 사람들 앞에 놓인 찻잔에 차를 따르며 말했다.

시선을 주지는 않고 있지만 마태룡을 향해 하는 말이었다.

"사실 생각 같아서는 이런 차가 아니라 술이라도 한잔하면서 편하게 대화를 나누고 싶은 마음이 굴뚝같았지만, 명색이 감찰인지라 그렇게는 준비하지 못했소이다. 대신에 일이 끝나면 우리 서로 화끈하게 한잔하기로 약속하고 어디 한번 서둘러 일을 끝내 봅시다."

여섯 개의 찻잔을 다 채우고 나서 자리에 앉은 송계악은 이제야말로 마태룡에게 시선을 고정하며 진지하게 본론을 꺼냈다.

"이 사람도 듣는 귀가 있는 터라 사전에 대충 내막을 전해 듣기는 했으나, 정말 그 일 때문인지는 확신할 수 없구려. 어디 한번 마 교위의 입으로 직접 들어 봅시다. 이번 감

찰이 여기 유황도를 탈옥한 죄수들이 있다는 소문 때문인
게 사실이오?”

마태룡이 잠시 어색한 미소를 흘리며 뜸을 들이다가, 하
기 싫은 말을 억지로 하는 것처럼 인상을 쓰며 대답했다.

“송구스럽지만, 그렇습니다.”

송계악이 어이없다는 듯 허허 웃다가 이내 정색하며 말
했다.

“미안하오. 너무 어이가 없어서 그만…… 내 입으로 이
런 말 하기는 좀 낯간지러운 소리오만, 여긴 천하삼대불귀
뇌옥으로 불리는 유황도요. 어디서, 그리고 왜 그런 말도
안 되는 소문이 났는지는 몰라도 여긴 천하의 그 누구도 일
단 수감된 이상 절대 빠져나갈 수 없는…….”

“저기, 그게 단순히 소문만이 아니라서…….”

마태룡이 겸연쩍은 미소를 지으며 송계악의 말을 끊었
다.

송계악이 거짓말처럼 낯빛을 바꾸며 확인했다.

“지금 소문만이 아니라고 했소?”

“그렇습니다.”

마태룡이 짧게 대답하고는 품에서 양피지 하나를 꺼내
들었다. 그러고는 마태룡의 눈치를 힐끗 한 번 보고는 양피
지의 내용을 읽었다.

"모월 모일, 무림세가인 진주언가(珍州彦家)의 가주 언호양(彦虎攘)이 관부의 협조 아래 가솔들과 함께 하북성 신악부 인근에서 암약하는 마적단인 구호당(九號黨)을 소탕하는 과정에서 수괴 중 하나인 백면호(白面虎) 허태(許颱)를 생포함. 나머지 여덟 명의 수괴 중 다섯은 사망하고 셋은 도주함. 모월 모일, 허태 금의위로 압송. 금의위는 도주한 세 명의 수괴를 추적하기 위해 허태를 신문함. 모월 모일, 허태는 오 년 전 사천혈사 당시 유황도로 유배되었던 사백여 명의 죄수들 중 하나였고, 역시나 같은 때에 수감된 동료 죄수 열한 명과 함께 유황도를 탈출했다고 자복함. 이상."

자못 사무적인 어조로 양피지의 내용을 다 읽은 마태룡이 슬쩍 송계악의 눈치를 보며 어색한 미소를 흘리고는 말을 덧붙였다.

"이것이 제게 떨어진 감찰 명령과 함께 전달된 문서입니다. 물론 아직까지도 이 내용이 사실이라고 믿고 있지는 않지만 말입니다."

송계악이 불쑥 물었다.

"마적단의 수괴씩이나 됐다면 당연히 무공을 익혔겠구려."

마태룡이 고개를 끄덕였다.

"당연하지요. 상당한 수준이었다고 들었습니다."

송계악이 마태룡을 한 번 흘낏 보고는 수중의 양피지를 비웃듯이 바라보며 말했다.

"그렇다면 이 문서의 내용은 사실일 수 없소. 일단 유황도에 수감된 죄수는 탈출할 수 있다 없다를 떠나서 기본적으로 무공을 사용할 수 없으니까 말이오. 그들은……."

"그건 저도 물론 알고 있습니다."

마태룡이 대번에 송계악의 말을 자르고 나섰다.

"단전이 파괴된 사람이 무공을 익힐 수는 없는 법이니까요."

그랬다. 유황도에 수감되는 죄수는 기본적으로 무공을 사용할 수 없게 된다.

수감되는 즉시 무공을 사용할 수 없게 하기 위해서 단전을 파괴시키기 때문인데, 마태룡도 이미 그와 같은 사실을 알고 있었던 것이다.

송계악이 묘한 눈길로 마태룡을 바라보다가 이내 길게 한숨을 내쉬며 말했다.

"하긴, 군부의 인물이라면 그걸 모르는 사람은 없지. 그런데도 이렇게 감찰을 나왔다면 꽤나 의심의 골이 깊다는 건데, 그럼 이제 어서 말해 보시오. 이 사람이 무엇을 어떻게 해 주면 되겠소?"

마태룡이 멋쩍게 웃으며 머리를 긁적거렸다.

"갑자기 그리 심각하게 나오시니 제가 너무 민망합니다. 너무 그러지 마십시오. 그저 확인만 해 보면 간단하게 끝날 일이잖습니까."

송계악이 어리둥절한 얼굴로 되물었다.

"확인을 해 본다?"

"예, 확인이요."

마태룡이 웃는 낯으로 선뜻 대구하며 수중의 양피지를 송계악에게 넘겨주었다.

"거기 맨 아래 부분에 적힌 별첨(別添)을 한번 읽어 보십시오."

송계악이 어리둥절한 표정을 지으면서도 건네받은 양피지로 시선을 고정하며 마지막 부분에 적혀 있는 별첨을 읽었다.

"별첨. 곽자홍(郭者紅), 약전(約電), 유조(由祖), 남옥(南鈺), 황태손(黃太遜), 백무인(伯武刃), 육태강(陸太强). 이상 일곱이 당시 허태와 함께 유황도를 탈출했던 열한 명 중 살아서 중원으로 들어온 죄수들임."

양피지에 적힌 별첨 부분을 다 읽은 송계악이 미심쩍은 눈길로 마태룡을 보았다.

"이들을 확인하겠다는 것이오?"

마태룡이 해맑게 웃었다.

"간단하지요?"

송계악은 가늘게 좁혀진 눈길로 마태룡을 보았다. 그는 물었다.

"물론 그건 여기 유황도의 관리 체계가 어떻다는 것쯤은 잘 알고서 하는 소리겠지요?"

마태룡은 분위기 파악을 전혀 못 하는지 연신 웃는 낯으로 대답했다.

"물론이지요. 그걸 모르고서야 어찌 감찰관으로 이 자리에 올 수 있었겠습니까. 유황도는 가둘 수는 있어도 통제할 수는 없다, 바로 이거 아닙니까."

송계악의 미간이 슬며시 일그러졌다.

"그걸 알면서도 죄수들을 확인하겠다는 것이오?"

마태룡이 야릇한 미소를 머금으며 대답했다.

"통제는 안 되지만 거래는 할 수 있다는 것도 알고 있으니까요. 뿐만 아니라 통제가 전혀 안 된다는 소리도 그다지 믿을 만한 것이 못 된다는 소문도 있고 해서……."

송계악의 낯빛이 대번에 변했다.

그 상태로 그는 슬며시 뒤로 물러나서 의자에 등을 기댔다. 누가 보아도 예상치 못하게 한 방 맞았다는 듯한 태도를 취하고 있는 것인데, 사실은 그게 아니었다. 우습지 않게도 마태룡의 대답을 듣는 순간에 임무를 끝내고 돌아온 환사가 그에게 전음을 보냈던 것이다.

[환사입니다.]

송계악은 마치 마태룡의 제안을 고민하는 것처럼 두 손을 포개서 턱을 괴고 지그시 두 눈을 감으며 환사에게 전음을 보냈다.

[그래, 어찌 되었나?]

[그자는 마명학의 독자인 마태룡이 확실합니다. 괜한 사견으로 번거롭게 해 드려서 죄송합니다.]

[죄송할 거 없네. 조금 번거롭더라도 확실한 것이 좋지.]

[헌데, 약간의 문제가 생겼습니다.]

[문제? 무슨 문제?]

[제가 조금 과하게 손을 쓰는 바람에 왕현이 그만…….]

[죽었나?]

[그렇습니다.]

[그런 실수를 다 하다니, 자네답지 않은걸?]

[죄송합니다.]

[어쩔 수 없지. 자네의 실수를 무마하기 위해서라도 저 아이의 제안을 수락할 수밖에 없겠어.]

송계악은 슬며시 두 눈을 뜨며 자연스럽게 자세를 바로 잡았다.

그리고 시선을 고정하고 있는 마태룡을 향해, 짐짓 아무리 생각해 봐도 달리 방법이 없겠다는 듯 쓰게 웃으며 말했다.

"알았소. 마 교위 뜻을 따르리다."

송계악이 마태룡의 뜻에 따르겠다고 말하고 나서 의미심장한 미소를 지으며 덧붙였다.

"대신 이 사람이 마 교위에게 한 가지 부탁이 있는데 들어주시겠소?"

입으로는 웃고 있어도, 은연중에 초조한 기색이 역력한 눈초리로 바라보다가 기꺼운 표정이 되었던 마태룡의 얼굴이 다시금 일말의 실망감을 담았다. 그는 겸연쩍게 웃으며 말을 받았다.

"이건 그저 감찰의 일환인지라 도주께서 이걸 빌미로 어떤 조건을 내세울 만한 것이 아니라고 사료됩니다만?"

주눅이 든 모습이 분명하면서도 의외로 할 말 다 하며 깐깐하게 나오는 마태룡이었다.

송계악이 얼른 손을 저으며 대답했다.

"그리 정색할 필요 없소이다, 마 교위. 이 사람이 어찌 그걸 모르겠소. 다만 마 교위가 언급한 거래라는 건 엄밀히 따져서 공식적인 것이 아닌 편법이며, 또한 이 사람도 적잖은 손해를 감수해야 하는 일인지라……."

그는 말꼬리를 흐리다가 넌지시 덧붙였다.

"그저 곤란한 일을 감당해야 하는 아랫사람으로서 약간
의 격려를 바라는 마음이랄까요?"

그가 은근히 강조한 '아랫사람'이라는 말이 마태룡의 마
음을 움직인 것 같았다.

그 말이 떨어지는 순간, 마태룡의 안색이 눈에 띄게 밝아
졌다.

"그렇다면야, 뭐……."

마태룡이 헛기침을 발하며 넌지시 물었다.

"그래, 어떤 부탁이신지?"

송계악이 좌중을 한 차례 훑어보고는 마태룡을 향해 어
색한 미소를 흘렸다.

"우선 일부터 끝내도록 합시다. 이렇게 딱딱한 자리에서
나눌 대화는 아니라서……."

묘한 여운을 남기며 말꼬리를 흐렸다. 마태룡의 입장에
서는 기분 나쁘지 않은 여운일 터였다.

아니나 다를까, 마태룡이 싫지 않은 기색으로 은근히 걱
정했다.

"하지만 제가 해 드릴 수 있는 것들이 지극히 제한적이
라서……."

송계악이 자못 호탕하게 웃으며 말했다.

"이렇게 세심하시기는. 걱정 마시오, 마 교위. 본디 부탁

이라는 것이 들어줘도 그만, 안 들어줘도 그만 아니겠소. 이 사람이 비록 십 년을 넘게 이런 변방에서만 살았지만, 부탁을 들어주지 않는다고 괜한 생떼를 쓸 정도로 막돼먹은 위인은 아니니 안심하시구려.”

자못 난감한 표정을 짓고 있던 마태룡이 그게 무슨 말이냐는 듯 서둘러 대답했다.

“설마 제가 도주님을 눈앞에 두고 그런 생각을 할 리가 있겠습니까. 그저 제 태생이 걱정이 많아서 그런 것뿐이지, 다른 뜻은 전혀 없습니다.”

송계악이 이때다 싶은 얼굴로 물었다.

“그 말인즉, 제 의견을 따르겠다는 뜻이겠지요?”

마태룡이 어쩔 수 없다는 듯이 미소를 지으며 대답했다.

“알겠습니다. 그리하도록 하지요.”

송계악이 싱긋 웃으며 자리를 털고 일어나서 마태룡을 향해 두 손을 모았다.

“늙은이의 체면을 살려 줘서 고맙소이다.”

마태룡이 엉거주춤 일어나서 답례했다.

“무슨 그런 말씀을 다······.”

송계악이 거듭 고개를 숙여서 인사를 받고는 어느새 뒤따라 일어나 대기하고 있던 총장령 손영을 향해 물었다.

“어떤가? 기억에 있는 아이들인가?”

밑도 끝도 없이 던진 질문이었으나, 손영은 기다렸다는
듯이 대답했다.

"제 기억이 정확하다면 일곱 명 모두 사천혈사 당시에
들어온 아이들입니다."

"그래?"

송계악이 눈살을 찌푸리며 잠시 여유를 두었다가 말했
다.

"자네 기억이 틀릴 리야 만무하지. 알았네. 어서 준비하
게."

손영이 물었다.

"직접 내려가시겠습니까?"

송계악이 대답했다.

"아무래도 그래야 시간이 단축되지 않겠나?"

"그야 그렇지만……."

손영이 수긍을 하면서도 왠지 모르게 머뭇거리며 힐끗
마태룡을 일견했다. 송계악이 예리하게 파악하며 미소를
짓고는 말했다.

"마 교위도 같이 내려갈 거네. 그들이 죽었는지 살았는
지 모르는 상황이니 마 교위가 직접 확인해야지 않겠나.
게다가 유황도에 수감된 죄수는 그 어떤 상황이라도 지상
을 밟아선 안 된다는 철칙을 깨뜨릴 수도 없는 일이기도 하

고.”

손영이 그제야 수긍하는 빛으로 고개를 숙였다.

“알겠습니다.”

송계악이 나직이 재촉했다.

“서두르게. 괜히 손님을 문 앞에서 기다리게 하지 말도록.”

“그럼 저는 먼저 출발하겠습니다.”

손영이 고개를 숙여 보이고는 서둘러 장내를 빠져나갔다.

송계악이 그제야 마태룡에게 시선을 돌리며 느긋하게 한쪽 팔을 들어서 길을 열었다.

“갑시다. 죄수들을 만날 수 있는 유황동(硫黃洞)으로 안내하겠소. 유황도가 왜 유황도인지, 또한 어째서 천하삼대 불귀뇌옥이라고 불리는지 거기 가 보면 자연히 알게 될 거요.”

그는 빙그레 웃고는 재차 말했다.

“물론 앞서 마 교위가 거명한 죄수들이 아직 생존해 있다면 말이오.”

제삼장

　유황동은 유황도에 온 죄수가 최종적으로 감금되는 장소였다. 그리고 지하 팔 층에 자리하고 있었다.

　마태룡은 송계악의 말마따나 그곳 유황동으로 내려가는 동안 유황도가 어째서 천하삼대불귀뇌옥이라고 불리는지 여실히 알게 되었다.

　각각의 층은 통로인지, 아니면 미로인지 모를 정도로 끊어질 듯 끊어지지 않으며 어지럽게 이어져 있었고, 다음 층으로 연결된 거대한 철문은 두께가 한 자가 넘는 강철인 데다가 특수한 기관으로 제작되어 있어서 문지기가 있음에도 상층부의 허락 없이는 절대 열 수가 없었다. 기관은 전적으로 상층부에서 통제하고 있는 것이다.

그리고 유황 냄새가 있었다. 분명 연기가 나는 것이 아닌데도 아래로 내려갈수록 점점 더 강렬해지는 유황 냄새 때문에 무공깨나 익힌 무인인 마태룡조차도 눈물이 날 정도로 눈이 따가워지고 호흡마저 곤란한 지경이 되었다. 유황도가 왜 유황도인지 단적으로 대변하는 상황.

유황도의 지반은 다량의 유황을 함유하고 있는데 지하로 내려갈수록 그 농도가 더욱 짙어진다는 것이 송계악의 설명이었다.

그러나 유황 냄새 따위는 이유도 아니게 더 지독한 것이 따로 있었다. 그건 바로 지하 팔 층에 자리한 유황동 그 자체의 구조였다.

직경이 이십여 장가량이나 되는 동굴 광장이었다. 그런데 십여 개의 횃불만이 군데군데 밝혀져 있어, 십여 장 높이의 천장에 주렁주렁 매달린 기기묘묘한 돌고드름의 흐릿한 그림자들이 더할 수 없이 음산하게 느껴지는 그 거대한 동굴 광장은 신기하게도 바닥이 절반밖에 없었다.

나머지 절반은 그야말로 거령신이 칼로 내려친 듯 까마득하게 내려다보이는 낭떠러지가 경계를 짓는 허공이었던 것인데, 놀랍게도 그 낭떠러지 아래가 바로 죄수를 가두는 유황동이었다.

외부의 도움이 없이는 나오는 것은 차치하고, 살아서 들어가는 것조차 허락되지 않는 천연의 절지가 바로 천하삼대불귀뇌옥이라는 유황도의 실체였던 것이다.

"여기 바닥이 점점 좁아지고 있다는 걸 알고 있소?"

송계악이 불쑥 묻고 있었다.

마태룡은 아찔할 정도로 까마득하게 느껴지는 낭떠러지 아래를 살펴보고 있다가 그제야 정신을 수습하며 송계악에게 시선을 주었다.

송계악이 그의 시선이 닿기 무섭게 의미심장한 미소를 지으며 설명했다.

"내가 처음 여기로 부임했을 때는 바닥이 지금보다 훨씬 넓었다오. 그런데 다른 곳과 달리 유독 여기 지반만 약해서인지 자꾸 무너져 내려서……."

말꼬리를 흐리며 입가의 미소를 한결 더 짙게 드리운 송계악의 시선이 마태룡이 두 발을 딛고 서 있는 바닥을 응시하고 있었다.

마태룡은 재빨리 뒤로 물러났다. 그제야 송계악의 말이 너무 낭떠러지 가까이 가지 말라는 경고임을 깨달은 것이다.

그는 너무 겁먹은 모습을 보였다는 사실이 부끄러운 것처럼 어색한 미소를 흘리다가 그걸 무마하려는 듯 말했다.

"엄청 높군요."

송계악이 히죽 웃고는 물었다.

"얼마나 될 것 같소?"

마태룡은 다시금 낭떠러지로 다가가서, 물론 앞서와 달리 조금 떨어져서 고개만 내밀고는 아래를 내려다보았다.

어지간한 사람은 현기증이 나서 내려다보지도 못할 정도로 아득하게 느껴지는 저 멀리에 바닥이 있었다.

그는 추측해서 말했다.

"대략 백여 장 가까이 되어 보이는군요."

송계악이 웃으며 말했다.

"어두워서 가늠하기 어려운 모양인데, 실제는 그보다 더 깊다오. 족히 이백 장이 넘지요."

마태룡은 그럴 수 있겠다 싶은 얼굴로 고개를 끄덕거렸다.

그런 그를 향해 송계악이 새삼 의미심장한 미소를 지으며 물었다.

"어떻소? 그걸 보고도 아직 여길 탈출했다는 그 죄수들을 확인하고 싶은 마음이 드오?"

마태룡은 한 번 더 낭떠러지 아래를 확인하면서 대수롭지 않게 대답했다.

"이걸 보니 더욱 확인하고 싶어지는걸요. 정말 저 아래서 사람이 살고 있는지가 궁금해서 말이지요."

일순 송계악의 인상이 조금 굳어졌다.

마태룡의 태평스러운 태도가 눈에 거슬렸기 때문이었다.

그도 그럴 것이, 지금의 마태룡은 소심하다는 소문과 전혀 다른 모습을 보이고 있는 것이다.

마태룡은 낭떠러지 아래에서 시선을 거두고 송계악을 바라보다가 예리하게 그와 같은 변화를 간파하고는 내심 뜨끔했다.

실수였다.

예상치도 못한 열악한 환경 때문에 본의 아니게 속내를 드러내고 만 것이다. 그는 서둘러 헤프게 웃으며 말을 덧붙였다.

"제가 원래 호기심은 참지 못하는 성미라서 말이지요. 본가의 아버님께서도 이런 저 때문에 일찍부터 속깨나 썩으셨지요, 하하하……."

그의 아버님이라면 도찰원의 마명학이었다. 그는 마명학의 이름을 언급해서 송계악의 심기를 흐리려는 것이다.

그리고 제대로 먹혔다.

송계악이 그제야 미소를 떠올리며 장단을 맞추었다.

"사람이 다 그런 것 아니오. 세상에 호기심 없는 사람이 어디에 있겠소."

"그런가요?"

마태룡은 말이라도 고맙다는 듯 헤픈 미소를 지으며 머리를 긁적였다. 그리곤 우연인 것처럼 다시금 낭떠러지 아래로 시선을 돌리다가 일순 멈칫하고는 말했다.

"근데 저 아래 불이 밝혀져 있는데, 저건 달리 이유가 있는 겁니까?"

그의 말마따나 낭떠러지 아래의 지면에는 세 개의 불이 품 자(品) 형을 이루며 밝혀져 있었다.

기실 앞서도 그는 그 불빛 때문에 눈대중이나마 낭떠러지의 높이를 가늠해 볼 수 있었던 것인데, 반딧불처럼 작게 보이지만 그건 거리가 있어서 그렇게 느껴지는 것일 뿐, 실제는 거대한 화로에 불을 피워 놓은 것이라는 사실까지 정확히 확인하고서 묻고 있는 그였다.

송계악이 가만히 그의 곁으로 다가와서 낭떠러지 아래의 불빛을 내려다보며 대답했다.

"저건 뭐랄까, 최소한의 통제라고나 할까요?"

마태룡은 두 눈을 멀뚱거렸다.

"예……? 당최 무슨 말씀이신지……?"

송계악이 의미심장한 미소를 지으며 말했다.

"저 불은 한시라도 꺼지면 안 되오. 그게 우리가 죄수들에게 요구하는 것이고, 죄수들은 그걸 지킴으로써 우리의 통제에 따르고 있다는 것을 보여 주는 거요."

마태룡은 문득 떠오른 의문처럼 고개를 갸웃하며 물었다.

"만일 저 불이 꺼지면요? 그럼 어떻게 되지요?"

"통제를 따르지 않았으니 당연히 제재를 가해야지요."

일순 마태룡의 안색이 눈에 띄게 변했다.

그는 의미심장한 눈초리로 송계악을 바라보면서 입가에 야릇한 미소를 머금은 채로 말했다.

"듣고서도 반신반의했었는데, 역시 일정 부분 죄수들을 통제할 수 있다는 말이 사실이었군요."

그는 짐짓 헛기침을 발하며 은근슬쩍 주변에 서 있는 총장령 손영 등 수뇌진들을 힐끗 보고는 무언가 비밀 이야기를 하듯이 조심스럽게 속삭였다.

"그럼 식량으로 통제한다는 말도……?"

송계악이 대답 대신 잠시 진지한 눈길로 마태룡을 바라보다가 불쑥 물었다.

"그런 말들은 역시 아버님이, 그러니까 마명학 어른께서 해주신 언질이겠지요?"

마태룡은 조금 당황하는 표정을 짓다가 이내 어색한 미소를 흘리며 인정했다.

"제가 달리 어디서 그런 말을 듣겠습니까. 그런데 오기 전에 확인해 보니, 금의위 내부에서도 이미 아는 사람은 다 알고 있더군요, 그 내용을."

언제부터 그랬는지는 모르겠으나, 원래는 죄수들이 땅속

어딘가에 묻힌 유황을 캐고 그 노동의 대가로 식량을 공급하는 것이 중앙 군부에서 알고 있는 유황도의 기본적인 관리 체제였다.

그런데 내막은 조금 달랐던 것이다. 적어도 송계악이 부임하고부터는 달라졌다.

그는 식량을 무기 삼아서 적극적으로 죄수들을 통제하고 있었다. 송계악은 침묵한 채 말이 없었다. 그저 조금 상기된 낯빛을 드러냈을 뿐이었다.

그 모습을 확인한 마태룡이 겸연쩍은 것처럼 하하 웃고는 새삼 정색하며 열변을 토했다.

"하지만 괜한 걱정일랑 마십시오. 다들 그건 문젯거리도 안 되는 일이라고 생각하고 있으니까요. 물론 저 역시 그렇고요. 이왕지사 말이 나온 김에 하는 말이지만, 명색이 나랏돈으로 관리하는 감옥 아닙니까. 거기 들어가 있는 것들은 말 그대로 짐승보다도 더한 천하의 흉악범들이고. 그런 놈들을 통제하는 데 무엇을 사용하든 그게 무슨 대수이겠습니까. 필요하다면 먹을 것이 아니라 그보다 더한 것이라도 당연히 사용해야지요. 안 그렇습니까?"

송계악이 싫지 않은 표정으로 대답했다.

"마 교위의 생각이 그렇다니 다행이오. 안 그래도 이 사람은 혹시 그 부분에 있어서 서로의 견해가 다를까 우려하던 참이었는데 말이오.”

마태룡의 말이 사실임을 우회적으로 표현하고 있는 대답
이었다.

자신의 생각이 틀리지 않아서 기쁘다는 표정을 짓고 있던
마태룡은 서둘러 손사래를 쳤다.

“서로 다를 견해가 어디에 있다고 그런 걱정을 다 하셨습
니까. 짐승을 짐승처럼 다루자는 데 반대할 사람이 어디에 있
다고요.”

송계악이 이제야말로 완전히 풀어진 얼굴로 마태룡의 말
을 받았다.

“내 생각도 그렇소. 짐승을 짐승으로 대해야지, 사람처럼
대할 수는 없지 않겠소. 이거 왠지 마 교위와는 여러 모로 통
하는 구석이 많아서 기분이 매우 좋구려.”

“그렇습니까?”

마태룡은 기분 좋게 웃으며 은근한 어조로 말을 덧붙였다.

“그럼 이거 쓸데없이 이렇게 시간을 지체할 것이 아니라 어
서 후딱 일을 해치우고 올라가서 술 한잔해야겠습니다.”

“좋소이다.”

송계악이 기다렸다는 듯 맞장구를 치고는 뒤에서 대기하
고 있던 총장령 손영을 향해 명령했다.

“연락하게.”

"알겠습니다."

가볍게 고개를 숙이며 물러난 손영이 곁에 서 있던 통령 유진충에게 눈짓을 보냈다. 그 눈짓에 반응해서 유진충이 유황동의 우측 벽과 붙은 낭떠러지 끝으로 다가갔다.

그쪽 벽에는 노끈에 묶인 두레박이 달랑거리는 작은 물레바퀴와 끝에 원형 고리가 달린 가는 무명실 서너 가닥이 가지런히 걸려 있었다.

유진충은 그중에서 고리 하나를 잡아당겼다.

순간, 어디선가 아련하게 종소리가 들려왔다. 낭떠러지 아래쪽에서부터 들려오는 종소리였다.

유진충이 잡아당긴 무명실 고리가 그런 용도인 것이다. 낭떠러지 아래까지 늘어져 있고 그 끝에는 종이 매달려 있어서 죄수들과 소통하고 싶을 때 쓰이는 연락 도구.

역시나 종소리가 울리고 약간의 시간이 지나자, 품자 형을 이루고 있는 낭떠러지 아래의 불빛 사이로 검은 그림자 하나가 나타났다.

그 그림자는 비록 손톱보다도 작게 보였으나 엄연히 사람의 형태였고, 실제로 사람이었다.

마태룡은 그 정도는 능히 확인할 수 있을 정도의 안력을 소유한 고수인 것이다.

"누가 나왔지?"

송계악이 묻고 있었다. 그는 낭떠러지 아래를 보고 있지 않았다.

유진충이 대답했다.

"노백상(老白賞)입니다."

낭떠러지 아래에 나타난 죄수의 이름이 노백상이라는 말이었다. 송계악이 마태룡을 힐끗 바라본 뒤 유진충에게 다시 물었다.

"적어 왔지?"

유친충이 품에서 죽지 하나를 꺼내서 내밀었다.

"네. 우리가 찾는 죄수들 명단하고 그 이유를 간단하게 적었습니다."

송계악이 건네받은 죽지를 대충 훑어보고는 다시 돌려주었다.

"내려보내."

"알겠습니다."

생긴 것과 달리 무뚝뚝하게 고개를 숙이며 명령을 받은 유진충이 잰걸음으로 앞서의 자리로 돌아가서 이번에는 물레바퀴의 노끈에 매달린 두레박을 잡았다. 그리고 두레박 속에 죄수들에게 전달할 내용을 적은 죽지를 넣고 물레바퀴의 손잡이를 돌려서 아래로 내려보냈다.

문득 마태룡이 물었다.

"사람도 저걸로 끌어 올리는 겁니까?"

송계악이 피식 웃으며 대답했다.

"너무 원시적인 방법을 사용한다고 생각하는 거요?"

마태룡은 내심 그런 마음이 적지 않았지만 노골적으로 인정할 수는 없었다. 그는 서둘러 다른 변명거리를 찾아서 대답했다.

"그게 아니라 사람이 매달리기에는 저기 물레바퀴에 감긴 노끈이 너무 약하게 보여서 말이지요."

송계악이 물레바퀴의 무명실 노끈을 힐끗 확인하더니 말했다.

"눈썰미가 있구려. 어느새 그걸 확인하다니. 잘 보았소. 저건 그저 소통용이고, 사람은 다른 걸 사용할 거요. 그래 봤자 마찬가지로 원시적이긴 하지만……."

말꼬리를 흐린 송계악의 시선이 한 방향으로 돌려졌다. 두레박이 매달린 절벽가의 뒤쪽이었다. 유황동의 입구로 들어서면 우측 구석에 해당하는 그곳에는 무언가 거대한 물체 하나가 장막에 덮여 있었다.

뒤에서 대기하고 있던 사내 몇몇이 눈치 빠르게 그 장막을 걷어 내자, 폭이 일 장에 달하는 거대한 물레바퀴가 모습을 드러냈다.

사각의 지지대에 작은 바퀴를 달아서 이동이 가능하게 제작된 물레바퀴였는데, 거기에는 팔뚝만큼이나 굵은 밧줄이 감겨 있었다.

송계악이 말을 이어 나갔다.

"한 달에 한 번씩 죄수들이 모아 놓은 유황을 끌어 올릴 때 사용하는 기구요. 물론 죄수들을 수감할 때나 식량을 내려보낼 때도 사용하고 말이오."

그는 싱긋 웃으며 덧붙였다.

"이 사람이 여기로 부임해서 제작한 것이라오."

"오라, 어떤 방법을 쓰는가 하고 궁금했는데 저런 것을 만들어 놓으셨군요."

마태룡은 조금은 어색하게 느껴질 정도로 반가운 표정을 지었다.

"이거, 도주님께서 저런 기관 장치에까지 조예가 있었다니 놀랍습니다. 어쨌든 정말 다행입니다. 저는 또 손으로 끌어 올려야 하나 하고 은근히 속으로 걱정했거든요, 하하하……."

사실은 이렇게까지 호들갑을 떨 일은 아니었다.

유황동의 구조를 살펴보면 낭떠러지 아래에 있는 사람을 위로 끌어 올리는 방법은 지극히 제한적이었고, 그 제한적인 방법 중에는 지금 송계악이 보여 준 물레바퀴가 당연히 포함되어 있기 때문이다.

하지만 송계악의 태도를 보니 그게 아니었다. 자랑을 하는데 호응을 안 해 주면 심기가 상할 수도 있다. 그건 그가 원하는 일이 아닌 것이다.

아니나 다를까, 마태룡의 짐작대로였다. 그의 반응을 지켜보는 송계악의 얼굴에 만족한 미소가 번지고 있었다.

마태룡은 내심 고소를 금치 못했다. 사전에 그가 조사한 바에 따르면 유황도주인 송계악은 철저하고 치밀하면서도 의외로 단순한 구석을 겸비한 성격의 소유자라고 했다.

처음에는 그게 말이 안 되는 모순이라고 생각했는데, 겪어 보니 아무래도 어긋남이 없는 사실인 것 같았다.

그렇게 생각할 수밖에 없는 것이, 어제는 가뜩이나 여독에 지친 그에게 술을 대접하고 여자를 붙여 줘서 딴 생각을 못 하도록 정신을 풀어 놓은 것도 부족한지, 밤새도록 감시의 눈초리를 붙여 놓을 정도로 치밀하게 굴었다.

그리고 오늘은 고작 죄수 나부랭이 몇몇의 얼굴을 확인하는 일에 그 자신이 직접 나서는 것은 물론, 총장령 이하 통령과 부통령, 그리고 총장관과 장관들 등 예하의 수뇌진 모두를 동원하는 철저함을 보이고 있었다. 그것도 눈에는 보이지 않지만 엄연히 암중에서 그를 주시하고 있는 십여 개의 눈초리까지 대동한 상태로 말이다.

그렇데 그런 사람이 우습게도 지금 한마디 사소한 아부에 넘어가서 대번에 방심한 초식 동물 같은 모습을 드러내고 있었다.

정말이지 상식적으로는 이해하기 어려운 사람이었다.

'평생을 군부에 몸담고 살았기 때문이겠지.'

마태룡은 그렇게 이해했다.

상명하복 아래, 제아무리 사소한 일상도 통제하며 살아가는 군부의 습관이 몸에 배서 매사에 철저하고 치밀하지만, 또한 그 틀에 얽매여 살다 보니 자연스럽게 다른 것에 무지하게 돼서 단순해지는 일종의 부작용이 생긴 것일 터이다.

'그런 인간이 돈맛을 알게 되고 권력까지 욕심이 생겼다, 이거지.'

이건 마태룡이 알고 있는, 보다 정확히는 누군가 그에게 알려 준 유황도주 송계악의 또 다른 모습이었다.

송계악이 모종의 경로를 통해서 수확한 자금을 바탕으로 힘을 키우고 중앙 군부로의 진출을 노리고 있다는 것인데, 지금까지 그가 보고 느낀 바에 따르면 이것 역시도 사실인 것 같았다.

지금 장내에 있는 장관들과 암중에서 도사리고 있는 그림자들, 즉 용병들의 인원만 놓고 봐도 그런 생각이 들 수밖에 없었다.

제아무리 무림인도 사람인 이상 돈에 대한 탐욕에서 자유로울 수 없다고 하더라도 기본적으로 그들은 관에 얽매이길 거부하는 자유인이고, 무엇보다도 자존심을 중시하는 족속들인 것이다.

오죽하면 관의 일을 돕는 무림인들을 육선문(六扇門)이라는 별칭을 붙여서 자기들과는 별개인 사람들로 취급할 것인가.

그런 무림인들을, 그것도 무림세가의 제자들과도 능히 비교할 수 있을 정도로 범상치 않은 기도의 소유자들을 이 정도의 인원이나 끌어모으려면 그야말로 막대한 자금이 필요했을 텐데, 그건 절대 일개 변방의 감옥을 지키는 장수가 감당할 수 있는 수준이 아니었다.

총장관 금사중은 특히 주목할 만했다.

마태룡은 처음 금사중을 보았을 때, 내심 적잖게 놀랐다. 금사중의 기도가 상당한 경지의 무공을 익혔다고 알려진 유황도주 송계악이나 그 예하의 총장령 손영보다도 더 뛰어났기 때문이다.

모르긴 해도 금사중은 한 지방에서 손꼽힐 정도의 무인이라고 짐작할 수 있는 인물이었다. 과연 그런 인물을 용병으로 쓰려면 도대체 얼마의 금액이 필요한 것인지 모를 일이었다.

결국 모든 정황이 이번 일에 앞서 마태룡이 전해 들은 송계약에 대한 정보가 사실임을 입증하고 있는 셈이었다.

송계악에게 다른 욕심이 없다면 설령 자금이 있다고 해도 그런 곳에 쓸 이유가 없는 것이다.

'정보는 확실하다는 건데……'

마태룡이 짧은 순간이나마 그런저런 생각을 하며 이번 일에 대한 자신의 생각을 정리하고 확신을 갖는 사이 송계악의 뇌까림이 들려왔다.

"왔군."

마태룡은 서둘러 상념에서 벗어났다. 그리고 송계악을 보고 다시 송계악의 시선을 따라가서 유진충을 확인했다.

유진충이 두레박 속에서 죽지를 꺼내 들고 있었다. 낭떠러지 아래로 내려보냈던 두레박이 어느새 다시 올라왔던 것이다.

송계악이 말했다.

"그냥 읽어 봐."

유진충이 두레박에서 꺼낸 죽지를 들고 다가오다가 송계악의 말을 듣고 멈춰 섰다. 그는 죽지를 보고 다시 송계악을 바라보더니 죽지의 내용을 읽었다.

"한 사람당 쌀 한 섬과 술 한 동이다."

유친충이 고개를 들고 송계악을 보며 말을 끝맺었다.

"……라고 적혀 있습니다."

송계악이 어련하겠냐는 듯, 그럴 줄 알았다는 듯 쓰게 웃으며 뇌까렸다.

"저 너구리가 이런 기회를 그냥 놓칠 리 없지."

유친충이 물었다.

"어떻게 할까요?"

송계악이 힐끗 마태룡을 일견하고는 소리쳤다.

"어떻게 하긴 뭘 어떻게 해? 그럼 손님을 옆에 두고 협상이라도 하란 말인가? 내일까지 내려보내 주겠다고 해. 그리고어서 애들 끌어 올릴 준비도 해 놓고."

"알겠습니다."

유친충이 서둘러 뒤에서 대기하고 부통령 노상승과 양사창에게 눈짓을 보냈다. 그리고 그의 지시를 받은 두 사람이 기존에 유황동을 지키고 있던 대여섯 명의 수하들과 함께 거대한 물레바퀴를 낭떠러지 쪽으로 밀기 시작하자, 두레박이 매달려 있는 벽으로 가서 한쪽 무릎을 꿇고 방금 읽은 죽지 아래 부분에다가 송계악의 명령대로 글을 적었다.

이런 식으로 죄인들과 소통하는 경우가 종종 있었던 듯 두레박이 매달린 벽 아래에는 필기를 위한 도구들이 갖추어져 있었다.

마태룡은 유진충이 죽지를 다시 두레박에 담아서 아래로 내려보내는 모습까지 지켜보고 나서 송계악을 향해 나직이 물었다.

"시간이 어느 정도 걸릴까요?"

"그리 오래 걸리지는 않을 거요."

송계악이 짧게 대꾸하고는 잠시 여유를 두었다가 아무래도 무언가 부족하다는 생각이 들었던지 말을 덧붙여서 설명했다.

"마 교위가 알고 있는지 모르겠지만, 본인이 처음 여기 유황도에 부임했을 당시 수감되어 있던 죄수들의 인원이 대략 칠백여 명이었소. 그리고 그 이후부터 지금까지 수감된 죄수가 다시 또 오백여 명. 그래서 일천이백 명이 조금 넘는데, 불행하게도 그간 사망자가 칠백 명이 넘소. 환경이 열악해서인지, 아니면 자기들끼리 다툼이 심해서인지는 몰라도 여타 뇌옥과 달리 사망자가 많은 편이지요. 해서, 결국 지금 저 아래 수감된 죄수는 고작 오백여 명에 불과하오. 한 달에 한 번 식량을 내려보내기 전에 어김없이 저 아래 보이는 불빛 근처에 하나씩 서게 해서 인원 파악을 하고 있으니, 거의 확실하오."

그는 피식 웃고 나서 말을 끝맺었다.

"죽지 않고 살아만 있다면 늦어도 한 식경 안에 찾아서 데리고 올 거요. 오백여 명이 많다면 많은 인원이겠으나, 길면 수십 년, 짧아도 수년을 함께 생활한 사람들이니만큼 서로 이름이나 얼굴 정도는 익히고 있을 테니까. 물론 내 생각엔

잘해야 한두 명이 고작일 것 같지만."

시간은 얼마 걸리지 않는다.

대신에 마태룡이 알려 준 일곱 명의 죄수들 중에서 잘해야 한두 명만이 나타날 확률이 높다. 나머지는 살아 있을 확률보다 죽었을 확률이 더 높으므로.

이것이 송계악의 예상인 것이다. 그러나 그처럼 자신하던 송계악의 예상은 절반만 들어맞았다.

한 식경 이내에 찾아서 데리고 올 것이라는 예상은 정확히 들어맞았으나 잘해야 한두 명만이 생존했을 것이라는 예상은 전혀 들어맞지 않았다.

한 식경가량이 지난 후, 노백상이라는 죄수가 데리고 나타난 죄수는 일곱 명이었다. 마태룡이 언급한 일곱 명의 죄수가 모두 생존해 있었던 것이다.

"믿을 수 없는 일이군."

송계악이 적잖게 놀라워했다.

일곱 사람이 다 살아 있었다는 것에 대한 놀라움이 앞서, 자기의 예상이 틀렸다는 실망 따위는 전혀 느끼지 못하고 있는 모습이었다.

그는 죄수들의 생존이 자신에게 유리하다는 것도 잊은 듯 서둘러 명령했다.

"어서 끌어 올려라. 어디 정말인지 확인 좀 해 보자."

유진충이 그의 말마따나 서둘렀다.

그의 지휘 아래 십수 명의 사내들이 대형 물레바퀴에 매달려서 낭떠러지 아내로 밧줄을 내리고, 일곱 명의 죄수들이 거기 매달리는 순간에 서둘러서 다시 끌어 올렸다.

그렇게 끌어 올려진 일곱 명의 죄수들을 유진충이 유황동의 중앙에 횡으로 나란히 세워 놓자, 송계악이 누구보다도 먼저 나서서 죄수들의 모습을 살펴보려 하다가 그제야 자신의 실태를 깨달았던지 마태룡을 향해 어색한 미소를 흘렸다.

"어디 한번 맞는지 확인해 보시오."

마태룡은 사양하지 않고 말없이 일곱 명의 죄수들 앞으로 나섰다.

낡고 해져서 넝마보다도 더 너덜거리는 의복을 걸친 그들, 일곱 명의 죄수들은 각기 체구가 다르고 얼굴도 달랐으나 하나같이 대나무처럼 바싹 마른 데다가 창백한 얼굴과 파리한 입술이 너무도 유난스러워서 마치 병자처럼 보이는 이십 대의 사내들이었다.

그런 사내들을 하나씩 눈여겨보던 마태룡은 문득 어깨를 펴고 길게 심호흡을 했다.

그 순간 그의 모습이 변했다.

그는 여태까지와 달리 심각하게 느껴질 정도로 진중한 얼굴이 되었고, 또한 여태까지와 달리 서늘하도록 냉정하게 빛나는 눈초리를 드러내고 있었다.

그 상태로, 그는 일곱 죄수들의 중앙에 서서 씩 웃으며 말했다.

"나는 대막일랑(大漠一狼) 사미륵(邪彌勒)이다. 누구냐? 나를 여기로 부른 자가."

잠시 장내에 침묵이 흘렀다.

누구도 예상하지 못한 엉뚱한 상황이라 다들 마태룡이 지금 무슨 말을 하고 있는 것인지 선뜻 이해하지 못해서 찾아온 침묵이었다.

그때 누군가의 무심한 목소리가 침묵을 깼다.

"나다."

마태룡과 마주 보고 선 일곱 명의 죄수들 중 하나가 그렇게 말하고 있었다.

물레방아의 가장 끝자락에 매달려 올라와서 자연히 우측 끝에 서 있게 된 죄수, 다른 누구보다도 마른 체구에 창백한 낯빛의 사내였다. 그 사내가 한 발짝 앞으로 나서며 재차 말했다.

"수고했다."

제사장

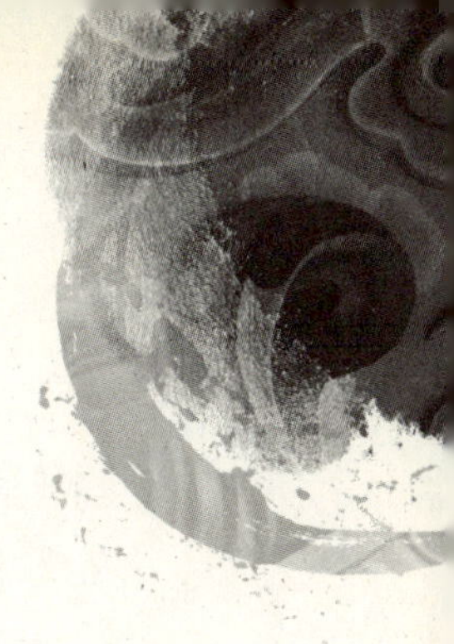

　너무 어이없는 상황을 당해도, 또한 너무 큰 충격을 받아도 사람은 누구나가 다 순간적으로 그 어떤 판단도 내릴 수 없는 공황 상태에 빠지기 마련이다.

　송계악도 그랬다.

　마태룡이 그의 말을 듣고 전에 없이 입을 굳게 다문 채 죄인들 앞으로 나설 때만 해도 그저 그러려니 했었다.

　죄인들 앞에 선 마태룡의 기색이 사뭇 다른 사람처럼 변하는 것을 보았을 때도 단순히 긴장한 것이라고 생각했지 다른 의심은 하지 않았다.

　그래서 그는 마태룡의 입에서 밑도 끝도 없이 대막일랑

운운하는 말이 뱉어져 나왔을 때, 다른 누구보다도 멍청해졌다.

말 그대로 공황 상태에 빠져서 아무런 생각도, 행동도 할 수가 없었다.

가장 먼저 나선 것은 유진충이었다.

"뭐, 뭐야, 이건?"

어지간한 일에도 눈 하나 깜짝하지 않아서 목석보다 더하다고 알려진 유진충조차 말을 더듬고 있었다. 사태의 심각성을 인지하고 끼어든 것이 아니라 그야말로 너무 당황한 상태로 얼떨결에 나선 것이었다.

그때 마태룡을 향해 '수고했다.'라는 한마디를 뱉어 내'며 앞으로 나선 죄수의 입에서 또 다른 한마디가 튀어나왔다. 앞서와 달리 싸늘한 일갈이었다.

"정리해!"

명령을 들은 다른 여섯 명의 죄수가 주변을 둘러보았다.

그러자 장내의 살기가 끓어오르기 시작했다. 빠르진 않았으나 대신에 지극히 차분하면서도 한없이 싸늘하게 느껴지는 여섯 죄수들의 움직임은 마치 먹이를 찾는 야수들 같았다.

송계악은 그제야 말을 한 죄수가 가장 끝에 밧줄을 타고 유황동으로 올라왔던 육태강이라는 사실을 알아보았다. 그

리고 또한 그제야 무언가 잘못되었다는 생각이 덜컥 들었
다.

　상황이 제대로 정리되지는 않지만 적어도 마태룡이 그가
알고 있는 마태룡이 아니라는 것, 그리고 자신이 속아서 무
언가 대책 없이 불길한 일이 연출되려고 한다는 사실만큼
은 확연히 깨달을 수 있었다.

　그는 부지불식간에 소리쳤다.

　"놈들을 잡아!"

　그러나 이미 늦었다. 발작적인 그의 외침보다 한 발 앞
서, 가파르게 끓어오르던 장내의 살기가 그대로 터져 버렸
다.

　장내를 조용히 훑어보던 죄수들이 누가 먼저랄 것도 없
이 동시에 메뚜기처럼 사방으로 튀어나간 것이다.

　그다음은 피, 그리고 또 피였다.

　가장 먼저 쓰러진 것은 총장관 금사중이었다.

　기실 금사중은 유황도의 수뇌진들 중에서 최고의 고수는
아닐지 몰라도 최고로 경험이 많은 사람이었다. 한마디로
산전수전 다 겪은 노강호인 것이다.

　그래서 그는 그 누구보다도 먼저 장내의 사태를 위협적
으로 느꼈고, 가장 빠른 반응을 보였다. 유진충이 얼떨결에

나서서 말을 더듬는 순간에 그는 벌써 칼을 뽑아 들고 있었다.

바로 동시에 메뚜기처럼 사방으로 튀어나가던 죄수들 중 하나인 유조의 눈에 그 모습이 거슬렸다. 그는 금사중을 첫 번째 표적으로 삼아서 쇄도해 들었다.

"어······?"

금사중은 적잖게 당황했다. 유조의 공격에 놀라서가 아니었다. 은연중에 느껴지는 살기에 비해 공격이 지나치게 단순했다.

성난 뒷골목 건달처럼 그저 달려드는 수준이라 너무 허술해 보였다. 쇄도하는 속도가 조금 빠르게 느껴지긴 했으나, 언뜻 생각해도 반격할 기술이 이것저것 한꺼번에 떠올라서 오히려 그중 어느 것을 선택해야 할지 헷갈릴 정도였다.

'무공을 익혔다고 생각했는데 착각이었나?'

금사중은 노강호답게 찰나의 고민을 뒤로하고 가장 간단하면서도 적극적인 방법으로 유조를 제압하기로 마음먹었다.

그의 수중에는 칼이 들려 있는 터, 베어 버리면 그만인 것이다.

"죽어!"

금사중의 칼이 높이 들렸다가 단호하게 내리그어졌다. 그야말로 일도양단의 기세. 유조의 공격에 별다른 변화나 기세를 느끼지 못한 탓에 금사중이 선택한 최선의 반격이었다.

쇄도하는 유조의 몸을 그대로 두 동강 내 버릴 심산이었다.

하지만 다음 순간, 요란한 쇳소리가 울리며 막대한 충격이 그의 손아귀를 타고 어깨로 직결되었다.

"혁!"

금사중이 헛바람을 삼키며 찢어질 듯 두 눈을 크게 부릅떴다. 찢어질 듯한 손바닥이나, 떨어져 나갈 것처럼 쩌릿한 어깨의 통증도 통증이지만 그보다 두 눈에 들어온 광경이 더욱 충격이었다.

유조가 팔뚝을 들어서 그의 칼을 막고 있었다.

그게 요란한 쇳소리와 손아귀가 찢겨 나갈 것만 같은 통증의 원인이었다. 한철을 담금질해서 만든 그의 칼이 피와 살로 이루어진 사람의 팔뚝 하나 자르지 못하고 막혀 버린 것이다.

그것도 철벽을 두드린 듯이 엄청난 충격을 동반하면서.

유조는 무공을, 그것도 엄청난 경지의 외가기공을 익히고 있었던 것이다.

'도대체……?'

너무 놀라서 부릅떠진 금사종의 두 눈에 유조의 하얗고 고른 치열이 들어왔다. 그건 아마도 웃는 것일 텐데, 그다음 상황이 어떻게 돌아갔는지는 그가 제대로 확인할 길이 없었다. 목이 떨어져 나간 사람이 사물의 변화를 인지할 수는 없는 노릇이었으니까.

팔뚝을 들어 금사중의 칼을 막은 유조가 그대로 밀고 들어오며 칼을 밀어냄과 동시에, 다른 손을 내밀어서 엄지와 검지 사이의 손날로 그의 목을 쳤다. 그걸로 끝이었다.

그간 내색은 삼갔으나 명색이 감숙성 일대에서 다섯 손가락 안에 꼽힌다는 도객 금사중이, 피죽도 못 먹고 자란 듯 바싹 마른 일개 죄수의 맨손에 목이 떨어져서 죽어 버렸다.

총장관 금사중이 장내에게 가장 빠른 반응을 보였다면 두 번째로 빨랐던 것은 유황도의 이인자라 할 수 있는 총장령 손영이었다.

대신 손영은 금사중처럼 자기를 노리고 쇄도하는 상대가 없었기 때문에 우선적으로 신형을 날려서 송계악의 전면을 막았다. 심상치 않은 상황이 발생하자 본능적으로 직속상관인 송계악의 안위를 먼저 고려하게 된 것이다.

그러나 동료의 죽음 앞에서는 평소 냉철하다고 알려진 그의 이성도 무용지물이었다. 하물며 그와 금사중은 지위를 떠나서 오랫동안 호형호제하는 사이라 더욱 그럴 수밖에 없었다.

"저, 저런 쳐 죽일……!"

손영은 금사중의 죽음을 목도하기 무섭게 눈이 돌아가서 유조를 향해 몸을 날렸다. 한평생을 군부에 몸담은 상태로 정진한 그의 무공은 절대 금사중의 아래가 아니었다. 신형을 날리며 곧추세운 그의 검극에서는 서릿발보다도 차갑고 예리한 검기가 치솟고 있었다.

그렇지만 아쉽게도 그의 상대는 유조가 아니었다. 그는 유조와의 거리를 채 반도 줄이기 전에 의지와 무관하게 신형을 멈추고 바닥으로 내려서야 했다. 검은 그림자 하나가 그의 전면을 막아선 탓이다. 일곱 죄수 중의 하나인 백무인이 바로 그였다.

"으……?"

공중에서 백무인과 충돌한 연후 바닥에 내려선 손영은 대번에 붉게 물드는 자신의 허리춤을 일별하고는 나직한 신음을 흘렸다. 통증보다는 어처구니없다는 식의 당황스러움에서 북받치는 신음이었다.

이해할 수 없는 일이었다.

백무인은 애초부터 그를 대적하려던 것이 아니라 다른 상대를 마주하다가 뒤늦게 나서서 그의 앞을 가로막은 것이었다. 그보다 늦게 움직였음에도 오히려 빨랐던 것도 기가 막힌데, 그 와중에 교환한 일수에서 막대한 손해까지 보았다.

아니, 언제 누구를 제압해서 뺏어 들었는지도 모를 검에 인지할 새도 없이 허리춤을 베인 것이다.

"어찌 이런……?"

손영은 너무 당황해서 한동안 정신을 차리지 못했다.

있을 수 없는 일이 벌어지고 있었다.

죄수들이 무공을, 그것도 상승의 무공을 익히고 있었다.

뒤늦게 정신을 수습한 손영은 불안한 눈길로 백무인을 주시했다. 절로 찾아든 긴장감에 가슴이 요란하게 뛰었다.

섣불리 움직일 수는 없었다.

앞서의 결과는 그의 실수이거나 백무인을 얕봐서 벌어진 결과가 아니었다. 그는 백무인의 무력이 절대 자기보다 하수가 아님을 직감하고 있었다.

그에 반해 백무인은 태연자약했다. 보다 정확히는 도무지 무슨 생각을 하고 있는지 알 수 없을 정도로 무덤덤하게 보였다.

통나무처럼 생긴 몸매에 선이 굵은 얼굴, 작은 눈과 큰

주먹코가 유난스러워서 영락없이 시골무지렁이처럼 생겨
먹은 작자였다. 그는 마치 강호 유람에 나선 풍류공자처럼
한가해 보이는 모습으로 손영을 향해 다가오고 있었다.

손영은 의지와 무관하게 마른침을 삼키며 몸을 떨었다.

발이 떨어지지 않았다. 막연한 두려움이 목젖을 태우고
심장을 움켜잡고 있어서 꼼짝달싹도 할 수가 없었다.

"어, 어떻게 무공을 익혔지?"

압박해 오는 적을 향해 왜 불쑥 이런 질문을 던졌는지 모
른다. 실제로 그게 궁금하기도 했지만, 그보다는 당면한 상
황을, 이제부터 다가올 상황을 어떻게든 늦추고 더 나아가
서 모면하고 싶다는 무의식이 이런 질문을 던지게 만들었
을 터였다.

상대 백무인이 고개를 갸웃하며 대답했다. 투박한 외모
와 어울리는 굵은 저음의 목소리였다.

"그걸 알면 뭐가 달라지나?"

손영은 속내를 들킨 아이처럼 얼굴을 붉혔다.

백무인이 피식 웃더니 크게 한 발 내밀었다. 손영의 눈에
는 정말 그렇게 보였다.

하지만 실제로는 그 순간, 백무인의 신형이 쏘아진 화살
처럼 손영에게 쇄도해 오고 있었다.

"헉!"

손영은 헛바람을 삼키며 부지불식간에 수중의 칼을 휘둘렀다.

반격하겠다는 생각을 가지고 칼을 휘두른 것이 아니었다. 그저 누가 때리려고 하면 본능적으로 손을 치켜들 듯이, 갑자기 다가오는 위협에 놀라서 물러나며 휘두른 무의미한 칼질에 불과했다.

그만큼 백무인의 기세에 눌려 있었던 것인데, 그래서 그의 칼에는 평소와 달리 위력이 전혀 담겨 있지 않았다.

백무인이 위력 없는 그 칼날 아래로 낮게 달려 파고들었다. 그리고 당황하며 연거푸 뒤로 물러나는 금사중의 겨드랑이 아래를 스치고 지나갔다.

그것으로 끝이었다.

비명 대신 섬뜩한 소음이 울렸다. 두 눈을 부릅뜬 손영의 머리가 공중에 뜨고, 이어서 뿜어진 붉은 피가 허공에 흩뿌려졌다.

손영의 머리는 몸보다 먼저 바닥을 굴렀다. 머리가 떨어지고도 한동안 뒷걸음질하던 그의 몸이 뒤늦게 넘어가며 잔인함을 더했다.

"대, 대체 이, 이게……."

송계악은 순식간에 벌어진 살육의 현장 앞에서 사색이

된 얼굴로 말을 더듬었다. 그야말로 '어어.' 하는 사이에 불어닥친 피바람에 유황도 최고의 고수들로 알려진 금사중과 손영이 이렇다 할 반항 한 번 못 하고 속절없이 목이 떨어져 나간 주검으로 변해서 바닥을 굴렀다.

너무 놀라고 당황한 나머지 죄수들은 절대 무공을 익힐 수 없다는 유황도의 절대 명제를 미처 인지하기도 전에 벌어진 일이었다.

그러나 송계악이 그와 같은 사실을 인지한 다음에도 상황은 달라지지 않았다.

아니, 달라질 여유가 없었다.

그가 무언가를 생각해 내기도 전에 양 떼 속에 뛰어든 늑대의 무리처럼 장내를 휩쓴 죄수들의 손길 아래 대부분의 군졸들이 죽어 넘어갔다.

그저 마른 것이 아니라 너무 마르고, 그저 창백한 것이 아니라 너무 창백해서 온전히 서 있는 것이 신기하게 보일 정도로 앙상한 죄수들의 어디에서 그런 능력이 발휘되는 것인지 모를 일이었다.

일반 군졸들은 말할 것도 없고 엄선해서 뽑은 용병들로 구성된 장관들조차도 죄수들의 일초지적도 되지 못한 채 추풍낙엽처럼 나가떨어졌다.

송계악은 그런 장내의 상황에 완전히 압도당해서 더더욱

아무런 생각도, 판단도 할 수가 없게 되어 버렸다.

그러나 무엇보다도 더 놀랍고 당황스러운 것은, 그래서 그의 머릿속이 백지장처럼 하얗게 변하며 의지와 무관하게 오금이 저리게 만드는 것은 따로 있었다.

그의 명령과 무관하게 나선 암중의 호위들, 그가 은연중에 그 누구보다도 믿고 의지하는 호위들인 십영(十影)마저도 속수무책으로 당해 버렸다는 사실이 바로 그것이었다.

비록 쉬쉬하는 이야기지만 십영의 두 사람이면 금사중조차도 감당하기 어렵다는 것은 이미 아는 사람은 다 아는 유황도 내부의 소문이었다. 그런 십영조차도 눈 깜짝할 사이에 쓰러지거나 선혈이 낭자한 채로 날아가 버리고 말았다.

그것도 느긋하게 그의 면전으로 다가오던 한 사람의 손에 의해서.

"누, 누구냐, 너는?"

송계악은 어쩔 수 없이 말을 더듬었다. 그나마 곁에 유진충이 버티고 서 있기에 최후의 자존심을 발휘해서 입을 열고 던진 질문이었다. 그는 상대 죄수의 기세에 완전히 압도당해 있었다.

그럴 수밖에 없었다.

앞서 나섰던 십영은 상대의 옷깃 하나 건드리지 못했다.

그렇지만 상대는 그를 향해 다가오던 발걸음 하나 흐트

러트리지 않는 상태로 십영의 공격을 막고 반격해서 죽였
다.

아주 간단한 일처럼, 마른 가지처럼 앙상한 상대의 손이
한 차례 휘둘러질 때마다 그가 신임하는 고수들이었던 십
영의 하나가 어김없이 핏빛으로 난자당했다.

마치 예리하게 간 낫에 베인 풀처럼 옷이 갈라지고 살이
가늘게 벌어진다 싶은 순간에, 붉은 핏물을 뿜어내며 가랑
잎처럼 속절없이 날아가 버리는 모습을 두 눈으로 똑똑히
보았다.

그리고 상대는 그렇게 처참하게 피를 뿌리며 날아가는
십영의 주검을 당연하다는 듯이 바라보고 있었다. 일말의
망설임도 느껴지지 않던 단호한 손길과 비슷하게 아무런
감정도 담겨 있지 않은 눈길이었다.

그는 무감동한 상대의 그 두 눈빛이 오히려 그 무엇보다
도 강렬한 공포로 다가와서 그야말로 고양이 앞의 쥐처럼
도무지 꼼짝도 할 수가 없었다.

그에 반해 상대는 시종일관 무감동한 모습이었다. 그러
다가 문득 다가오던 발걸음을 멈추며 무심하게 그의 질문
에 대답했다.

"세월이 좋았나 보군. 나를 잊다니."

송계악은 목이 탈 정도로 압박감을 느끼는 와중에도 눈

썹을 찌푸리며 고개를 갸웃거렸다. 상대가 그를 알고 있다는 투로 말하고 있지 않은가.

그는 새삼스럽게 상대의 전신을 위아래로 훑어보았다. 상대가 가장 늦게 밧줄을 타고 유황동에 올라와서 다른 죄수들에게 명령을 내린 죄수, 육태강이라는 것은 그도 이미 알고 있었다.

하지만 그게 다였다.

아무리 살펴봐도 달리 떠오르는 것이 없었다. 지저분한 더벅머리와 창백한 안색, 훤칠한 키에 얼굴선이 굵지만 시종일관 무심한 표정의 죄수일 뿐이다.

어디를 가나 시선을 모을 정도로 준수해 기억에 남을 법도 했지만, 적어도 자신의 기억에 남아 있는 외모가 아니었다.

그때 육태강이 하얀 이를 드러냈다. 백짓장처럼 창백한 안색과 어우러져서 묘하게도 섬뜩한 느낌을 주는 미소였다.

"하긴, 어린아이의 허무맹랑한 맹세를 기억하고 있기에는 십 년의 세월이 너무 길지. 당신이 그렇게 섬세한 인간도 아니고."

송계악은 더욱 모를 소리라 본의 아니게 오만상을 찡그렸다.

그런 그의 모습을 무심하게 바라보던 육태강이 슬며시 상의를 뒤로 벗어 젖혔다.

"그럼 혹시 이건 기억하나?"

활짝 개방된 육태강의 하복부에는 어린아이 손바닥만 한 흉터가 자리해 있었다. 무언가 날카로운 무기에 찔려서 생긴 자국같이 보였는데, 그 정도 굵기의 거친 흉터를 남길 만한 무기라면 달리 없었다.

바로 창이었다.

육태강이 보여 준 흉터는 오리 알 굵기의 창날이 파고들었다가 다시 빠져나오면서 만들어진 흉터였다.

육태강의 흉터를 살펴보던 송계악은 어느 한순간 두 눈을 크게 부릅뜨며 굳어졌다.

상처를 보자 기억이 살아났다.

십 년 전 과거의 일이었다. 사천혈사 당시 끌려온 사백여 명의 아이들 중에 지독한 독종이 하나 있었다.

아이들을 인수인계하는 어수선한 틈을 타서 대열을 이탈하고 물 한 모금 없이 무려 보름이 넘도록 버티며 사막을 횡단해서 옥문관을 넘으려 했고, 다시 잡혀서 끌려오는 도중에도 손발을 구속한 밧줄을 물어뜯고 거듭 탈출을 감행하다가 끝내 탈진했던 독종.

결국 혼절한 상태로 유황도에 입성한 그 독종은 어린아

이임에도 불구하고 단전까지 파괴돼서 수감되고 말았었다.

"그, 그럼 네가 그때 그……?"

송계악은 어처구니없다는 표정을 지으며 말을 더듬거렸다.

당시 그와 같은 명령을 내렸던 것이 그였다.

또한 수하들이 선뜻 나서지 못하자 매섭게 질타하며 직접 나서서 그 독종의, 바로 육태강의 단전을 파괴한 것도 그였다.

그것도 수하가 들고 있던 장창으로 하복부를 꼬치처럼 꿰뚫어 버리는 무식한 방법으로.

"미안하군. 애석하게도 이렇게 살아 있어서."

송계악은 아무런 대꾸도 못 한 채 마른침만 삼켰다.

당시 그는 육태강이 틀림없이 죽을 것이라고 생각했다. 처음부터 죽이겠다는 생각을 가진 것이 아니라 그저 울컥해서 내린 명령이었고, 끝내 스스로 나서서 실천에 옮긴 일이긴 했다.

하지만 어린아이가, 그것도 겨우 탈진에서 벗어나서 정신을 차린 상태의 어린아이가 그런 상처를 견뎌 낼 수는 없다는 것이 나중에 약간의 후회와 더불어 찾아온 그의 결론이었다.

그런데 살아 있었다.

그리고 믿을 수 없게도 한평생 군부에 몸담으며 산전수전 다 겪은 장수인 그조차 절로 주눅이 들어서 오금이 당길 정도로 압도적인 무공을 익히고서 나타났다.

송계악은 문득 주변을 둘러보았다. 장내의 싸움은 이미 끝난 상태였다. 장내에 온전히 서 있는 그의 수하는 아무도 없었다. 확인할 수는 없지만 살아 있는 자도 드문 것 같았다.

눈에 들어오는 생존자는 목에 칼이 들이밀어진 상태로 제압당해서 무릎 꿇고 있는 노상승과 양사창, 그리고 불안한 모습으로 그의 곁을 지키고 있는 유진충, 그렇게 세 사람뿐이었다. 유황동이 죄수들의 수중에 넘어간 것이다.

그러나 어쩐 일인지 장내의 상황을 파악한 그는 한결 마음이 가벼워졌고 어느새 침착함마저 되찾았다. 상황이 너무도 명백해졌기 때문이다. 상황이 명백해지면 그가 해야 할 일도 명백해지는 것이다. 그는 그렇게 되찾은 일말의 여유로 애써 마음을 다잡았다.

그리고 새삼 대막일랑 사미륵이라고 정체를 밝힌 마태룡과 어느새 고요해진 장내에 서서 무심한 눈길을 던지고 있는 다른 여섯 명의 죄수들을 훑어보며 물었다.

"그럼 이 모든 것이 너의 계획이었다는 거냐?"

육태강이 잠시 여유를 두었다가 대답했다.

“그렇다고 해 두지.”

송계악이 마찬가지로 잠시 여유를 두었다가 물었다.

“내게 복수하기 위해서?”

“자신을 너무 과대평가하는군.”

육태강이 섬뜩한 느낌이 드는 예의 미소를 드러내며 덧붙였다.

“길을 가다가 돌부리에 걸려 넘어졌다고 해서 그 돌부리에게 원한을 가질 정도로 한가한 사람이 아니야, 나는.”

송계악은 무슨 말인지 알 것도 같고 모를 것도 같았으나, 끝내 이해할 수 없어서 쓰게 입맛만 다셨다. 그에 아랑곳없이 육태강이 다시 말했다.

“당신에겐 감사하고 있어. 덕분에 뜻을 이루려면 무엇보다도 먼저 힘을 키워야 한다는 것을 깨닫게 되었으니까.”

송계악은 철저하게 무시당하고 있다는 기분이 들어서 절로 눈썹이 찌푸려졌다.

그는 발끈해서 말했다.

“마치 모든 것이 다 끝난 것처럼 말하는군. 여긴 유황동이다. 너는 아직 유황도를 탈출한 것이 아니야.”

사실이었다. 육태강은 아직 유황도를 탈출한 것이 아니었다.

육태강이 서 있는 지금 이 자리 유황동은 뇌옥만큼이나

철저하게 격리된 유황도의 심처 중 하나이며, 이 심처를 벗어나려면 죽음의 기관이 설치된 관문을 무려 여덟 개나 통과해야 했다. 그리고 그 관문들은 철저하게 그의 통제 아래 놓여 있었다. 그의 명령이 아니면 관문들은 절대 열리지 않는다.

그러나 육태강의 생각은 조금 달랐다.

유황도의 죄수라면 송계악의 말이 어떤 의미를 담고 있는지 절대 모를 수 없는데도 불구하고 그는 단호하게 말했다.

"아니, 끝났어."

그는 힐끗 마태룡을, 바로 사미륵을 일별하며 부연했다.

"아직 약간의 계산이 남아 있긴 하지만."

그러곤 대뜸 송계악을 향해 다가갔다. 추호도 망설임이 없는 발걸음이었다.

"익!"

송계악을 측면에서 보호하며 육태강의 움직임을 잔뜩 경계하고 있던 유진충이 발작하듯 튀어나가며 칼을 휘둘렀다.

격하게 다물어진 그의 입에는 목숨을 걸고서라도 상관을 지키겠다는 그만의 고지식한 의지가 담겨 있었고, 그래서인지 육태강의 기세에 억눌려 있었음에도 불구하고 그의 공격은 평소와 다름없이 빠르고 예리하게 공기를 갈랐다.

그러나 힘의 차이가 너무도 극명했다.

육태강은 유진충의 공격을 예상하고 있었던 것처럼 반격했다. 솔직히 말하면 예상이니 반격이니 따위의 말이 무색할 정도로 그의 반격은 단순하고 무식했다.

아니, 어처구니가 없을 정도였다.

그는 귀찮다는 듯이 들어 올린 한 팔을 몽둥이처럼 휘둘러서 유진충의 공격에 대항한 것이다.

그런데 그 결과가 놀라웠다.

피와 살로 이루어진 육태강의 팔뚝과 한철을 제련해서 만든 유진충의 칼이 충돌했는데 쇳소리가 울렸다. 그리고 다음 순간 칼이 산산조각 나며 날아갔고, 그 뒤를 억눌린 유진충의 신음이 따라붙었다.

"크윽!"

유진충은 한 손으로 가슴을 부여잡은 채 검붉은 핏물을 토하며 뒤로 물러나고 있었다.

내공을 수련한 무인이 휘두른 칼이 깨져 버렸다는 것은 단순히 무기를 잃고 말고의 문제에서 그치지 않는다.

그 칼에는 그 무인의 진기가, 바로 각고의 노력으로 습득한 내공이 담겨 있는 탓에 어쩔 수 없이 막대한 내상을 입게 된다. 지금 유진충이 그와 같은 경우였다.

“으……!”

송계악은 피를 토하며 속절없이 물러나는 유진충을 바라보면서도 감히 반항할 엄두도 내지 못했다. 그럴 여유가 없었다.

물러나는 유진충의 모습이 시야에 들어오는 그 순간, 그 역시 강력한 완력에 제압당해서 공중으로 떠올랐다.

유진충을 물러나게 만든 육태강의 손이 마치 늘어나는 것처럼 그대로 밀고 들어와서 그의 멱살을 틀어잡고 대번에 번쩍 들어 올린 것이다.

송계악은 졸리는 목을 조금이라도 풀기 위해서 두 손으로 육태산의 손목을 잡고 늘어졌다.

사실 그 두 손으로 반격을 가할 수도 있었다. 하지만 송계악은 그렇게 하지 않았다. 그를 올려다보는 육태강의 강렬한 눈빛 앞에서, 바로 온몸을 거미줄처럼 휘감는 그 강력한 살기 앞에서 그는 감히 대적할 엄두도 들지 않았다.

무공의 고하는 문제가 아니었다.

싸움의 승패는, 특히 생명을 논하는 생사결은 분명 싸우기도 전에 결정이 나고, 그 주된 요인은 무공의 고하가 아니라 기세라는 것이 그의 평소 지론이었다.

그는 상황에 따라서 무공이, 즉 내공이 약하거나 초식의 정교함이 떨어져도 이기는 경우는 있지만 기세에서 밀리고도 승리하는 경우란 절대 있을 수 없다고 생각해 왔다.

지금이 그런 경우였다. 육태강의 기세에 완전히 눌려 버린 그는 그래서 반격보다는 협상을 선택했다. 그는 육태강의 팔에 매달려 대롱거리는 상태로 간신히 말했다.

"나, 나를…… 죽이면…… 여, 여기를…… 저, 절대…… 벗어날 수…… 없어."

육태강이 무심하게 송계악을 울려다보며 말했다.

"틀렸다. 나는 나가고 싶으면 나가고, 죽이고 싶으면 죽일 수 있다. 그렇지 않나, 환사?"

"물론이지요, 주군. 관문은 모두 해체되었습니다. 뜻대로 결정하십시오, 주군."

거북할 정도로 음산하게 느껴지는 목소리가 들려온 방향은 유황동의 입구였다.

송계악이 마주 바라보고 있는 거기 문 앞에는 검은 안개에 휩싸여서 실체가 모호하게 보이는 그림자 하나와 목석처럼 무표정한 얼굴의 사내 하나가 서 있었다.

바로 환사와 왕현의 모습이었다.

송계악은 두 사람의 모습을 확인하기 무섭게 목이 졸려서 숨이 넘어가기 직전이라는 사실도 잊고 육태강의 손목을 잡고 있던 두 손을 놓아 버렸다. 너무 놀랍고 황당해서 전신의 맥이 풀려 버렸다.

그럴 수밖에 없었다.

환사는 그가 가장 신임하던 수족이기 이전에, 그가 유황동에 들어오는 경우 송계악을 대신해 외부에서 관문을 통제하도록 되어 있었다.

그런데 환사가 눈앞에 나타났다.

그렇다는 것은 유황도가 완벽하게 육태강의 수중에 들어갔다는 것을 의미했다.

나가고 싶으면 나갈 수 있고, 죽이고 싶으면 죽일 수 있다는 육태강의 말은 추호도 거짓 없는 사실이었던 것이다.

'끝장이군.'

송계악은 가물거리는 정신 속에서 그렇게 생각했다. 문득 그때 숨이 트였다. 육태강이 틀어잡고 있던 그의 목을 놓은 것이다.

"하지만……."

육태강이 힘없이 주저앉아 버린 송계악을 내려다보며 말하고 있었다.

"나는 아직 결정을 내리지 못했다. 정녕 내가 칠백오십 명이나 되는 사람을 죽이는 살인마가 되어야 하는 건지 말이야."

그는 입가로 흘러내리는 침을 닦을 생각도 하지 못한 채 올려다보는 송계악의 면전에 한 무릎을 꿇고 앉았다. 그리고 여전히 감정의 변화를 읽을 수 없는 무심한 눈길로 송계악의 두 눈을 직시했다.

"그래서 이렇게 당신을 살려 둔 거다. 당신에게 한 가지 제안을 하고 당신의 대답에 따라서 그걸 결정하려고. 칠백오십 명을 죽여야 할지 말아야 할지."

그리고 그 눈길만큼이나 무심한 목소리로 물었다.

"한번 들어 볼 텐가, 내 제안?"

제오장

칠백오십이라는 숫자는 정확히 그를 포함한 유황도의 전 인원과 일치했다. 결국 유황도의 전 인원이 생사의 기로에 놓여 있다는 뜻이었다.

바로 육태강의 결정에 따라서.

그런데 왜?

가장 단순하면서도 강렬한 예상이 송계악의 뇌리에 떠올랐다. 아마도 자신들의 흔적을 지우기 위해서일 터이다.

죽은 자는 말이 없는 법이니까.

그와 같은 사실이 뇌리에 떠오르는 순간 송계악은 본능처럼 고개를 끄덕거리기 시작했다.

육태강이 정말로 그런 짓을 할 수 있을까 하는 의심은 전혀 들지 않았다. 그가 경험한 압력은, 거미줄처럼 전신을 옭죄어 오는 그 가공할 살기는 육태강이 충분히 그런 일을 저지를 수도 있다는 예상을 가능하게 하고 있었다.

무엇보다도 다른 걸 다 떠나서, 그가 손해날 것이 하나도 없었다. 다 끝났다고 생각한 마당에 구원의 손길이 나타난 셈인데 거절할 이유가 어디에 있을 것인가.

송계악은 물었다.

"내게 바라는 게 뭐지?"

육태강이 말했다.

"십 년 더 그 자리를 지킬 수 있겠나?"

송계악은 일순 할 말을 잃고 멍청해졌다.

육태강의 그 어떤 제안이라도 능히 수용할 마음의 준비가 되어 있던 그였지만 이것만큼은 생각해 보지 않았다.

그가 이곳을 벗어나기 위해서 얼마나 피나는 노력을 했는지 아는 사람이라면 그의 태도를 충분히 이해할 수 있을 터였다.

그는 물었다.

"이유는?"

육태강이 무심히 대답했다.

"내가 할 일이 있어서 그래. 그 일을 하려면 여기 유황도에서 나오는 물건이 절대적으로 필요한데, 아직 내 밑에는 여길 관리할 만한 인물이 없거든.”

송계악은 미심쩍은 얼굴로 확인했다.

“유황이 필요하다고?”

“그래.”

육태강이 짧게 덧붙였다.

“그리고 황금도.”

“음…….”

송계악은 나직한 침음과 함께 잠시 입을 다물고 침묵했다. 짐작은 하고 있었지만 막상 사실을 확인하자 의지와 무관하게 말문이 막혔다.

유황도에서 유황 이외에 황금이 생산된다는 것은 외부로 알려지지 않은 극비였다. 그와 몇몇 요인들을 제외하면 황궁에서조차 모르고 있었다.

물론 그게 다 그의 주도 아래 벌어진 일이었는데, 막상 그 황금을 캐는 것은 죄수들이니 육태강이 모를 수는 없는 것이다.

송계악은 갑자기 생각이 복잡해져서 물었다.

“내가 거절하면 나를 포함한 여기 유황도의 전 인원을 몰살하겠다?”

육태강이 대수롭지 않게 대꾸했다.

"나는 보기보다 욕심이 많은 사람이야. 나와 내 동료들의 흔적을 지우는 것도 중요하지만, 그보다 다른 사람에게 그 황금이 넘어가는 것을 원치 않아, 나는."

몰살하겠다는 말이었다.

송계악은 육태강의 차분한 목소리가 더욱 두렵게 느껴졌다. 그는 마른침을 삼키며 조심스럽게 육태강의 눈치를 살폈다.

어떻게든 진심을 확인하고 싶었다. 하지만 시종일관 무심하기만 한 육태강의 모습에서 무언가 감정의 변화를 읽어 낼 수는 없었다.

"하지만……."

육태강이 다시 말하고 있었다.

"한 번은 더 고려해 볼 생각이야. 내 제안을 받아들일 만한 사람이 있을지도 모르니까."

그의 시선이 천천히 장내를 쓸었다. 의미심장하게도 입가로 흘러내리는 피를 닦을 생각도 하지 않은 채 장내의 사태를 주시하고 있는 유진충과 섬뜩한 서슬 앞에 무릎 꿇려 있는 두 사람, 노상승과 양사창이 그의 시선에 담기고 있었다.

만일 송계악이 거절하면 그들 세 사람에게 선택의 기회가 돌아간다는 것을 노골적으로 드러내고 있는 육태강이었다.

송계악은 선택의 여지가 없다고 생각하면서도 한편으로
불같은 의혹이 일어났다.

그는 물었다.

"그런데 나를 어떻게 믿고 여기를 맡기겠다는 거지?"

육태강이 태연히 대꾸했다.

"그건 내 사정이고 당신은 당신 사정만 걱정해. 그래서
내 제안을 수락하겠다는 건가?"

송계악은 이런 대답이 돌아올 줄 미처 예상하지 못했기
때문에 잠시 당황하다가 말을 더듬었다.

"수, 수락하겠다. 그렇게 하지."

육태강이 예의 무심한 시선을 던지며 재차 확인했다.

"약속할 수 있나?"

송계악은 속으로 말로만 하는 이따위 약속이 무슨 의미
가 있는지 모르겠다는 생각을 하느라 잠시 머뭇거리다가
대답했다.

"약속한다."

육태강이 돌아서며 말했다.

"지켜보겠다."

송계악은 얼떨떨했다. 한마디로 어이가 없었다. 무엇을
어떻게 하라는 말은 일언반구도 없이 이렇게 대화를 끝내

버리면 어쩌자는 것인가.

그는 서둘러 손을 내밀었다.

"저, 저기……."

그때 누군가 그가 내민 손을 잡으며 말했다.

"나머지는 이 사람과 애기하면 됩니다. 주군께서는 태생이 세세한 부분을 모르는 분이라서 말입니다."

송계악은 얼떨결에 잡힌 손을 보고 다시 시선을 들어서 말을 건넨 상대를 확인하고는 두 눈을 크게 떴다.

허리까지 늘어지는 백발을 뒷덜미에서 질끈 동여맨 오척 단구의 노인이 단추 구멍처럼 작은 눈으로 그를 바라보며 싱글거리고 있었다.

언제 어느 때 올라왔는지는 모르겠으나, 지난 십여 년간 죄수들을 대변해서 그와 소통하던 노백상이 그의 곁에 서 있는 것이다.

그는 당황해서 두서없이 물었다.

"당신이 왜……? 아니, 어떻게 여기……?"

"이미 서로 아는 처지라 머쓱하긴 하지만 그래도 앞으로 곁에서 보필하려면 정식으로 인사를 드려야겠지요?"

태연히 말을 받은 노백상이 시종일관 싱글거리며 과장된 동작으로 포권의 예를 취했다.

"앞으로 총장관직을 수행하며 도주를 곁에서 보필할 노

백상입니다. 잘 부탁드리겠습니다.”

송계악은 그야말로 뒤통수를 강하게 한 대 맞은 듯한 표정을 짓고 말았다. 그리고 그제야 깨달았다.

바로 이것이었다.

애초부터 육태강이 그를 믿고 안 믿고는 그가 이번 일을 맡는 것과 아무런 상관이 없었다. 그에게는 이미 일 년 삼백육십오 일 내내 곁에 붙어 있을 노백상이라는 감시자가 정해져 있었던 것이다.

“자, 그럼 이제 앞으로 우리가 이 유황도를 보다 원활하게 이끌어 나가기 위해서 어떤 공조를 해야 하는지, 어디 한번 자리를 바꿔서 진지하게 논의해 볼까요?”

노백상이 한쪽 손을 펼쳐서 길을 열며 말하고 있었다.

송계악은 왠지 모르게 아직 육태강과 더 할 말이 남은 것 같아서 머뭇거리다가 이내 포기하고 노백상의 권유에 따라서 유황동의 문을 나섰다.

그럴 수밖에 없었다.

앞서 두렵도록 놀라운 신위를 보였던 죄수들 중 두 명이 어느 틈엔가 그의 좌우에 붙어서 무언의 시위를 하고 있었다. 아니, 그게 아니더라도 노백상의 정중한 권유가 사실은 그 어떤 협박보다도 냉정한 위협이라는 것을 모를 정도로 그는 눈치가 없는 사람이 아니었다.

그렇게 송계악이 노백상 등의 호위 아닌 호위 아래 본의 아니게 도살장에 끌려가는 소처럼 주눅 든 모습으로 장내를 벗어났고, 그 뒤를 이어서 유진충 등 생존한 세 명의 군관이 다른 죄수 두 명의 인솔 아래 유황동을 떠났다.

그리고 새로운 이야기가 시작되었다.

마태룡이, 아니 마태룡으로 가장했던 대막일랑 사미륵이 시작한 이야기였다. 시종일관 침묵한 상태로 장내의 변화를 예의주시하고만 있던 그가 마침내 말문을 열었다.

"대충 상황이 정리된 것 같은데, 그럼 이제 우리 계산을 해야겠지?"

사미륵의 목소리는 담담한 가운데 경쾌했다.

유황동은 앞서의 격돌로 인해 사방에 시체가 널려 있고 핏자국이 낭자하게 뿌려져 있어서 더없이 삭막한 분위기였으나, 그는 그런 주변의 영향을 전혀 받고 있지 않는 태연한 모습이었다.

육태강이 무심한 눈길로 가만히 사미륵을 바라보다가 말을 받았다.

"대범하군. 내가 내친김에 한두 목숨 더 지워서 복잡한 계산을 대신할 수도 있다는 생각은 전혀 안 드나?"

사미륵이 대수롭지 않게 대답했다.

"네가 그렇게 지저분한 파락호처럼 보이지는 않는다. 물론 기본적으로 내 몸 하나 간수할 능력도 있고."

육태강이 무뚝뚝하게 말했다.

"눈을 믿지 마라. 사람은 그리 간단하지 않아. 나 역시도 그렇고. 필요하다면 그보다 더한 짓도 할 수 있는 게 바로 나다."

사미륵이 히죽 웃으며 말했다.

"나는 사람을 눈으로 보지 않아. 마음을 보지."

육태강은 잠시 할 말을 잊은 듯 사미륵에게 시선을 고정한 상태로 침묵을 유지했다. 그 침묵이 위협으로 느껴졌던지 환사와 나란히 서 있던 왕현이 민첩하게 사미륵의 곁으로 이동했다. 사미륵에게 향하는 위협을 먼저 감당하겠다는 태도였다.

기실 왕현의 본명은 몽조보였고, '대막의 미친바람'이라는 광풍사의 중핵을 이루는 사대천왕 중 가장 뛰어난 전사로 평가받으며 사미륵을 최측근에서 수행하는 중이었다.

몽고어인 몽조보를 한어로 단순하게 직역하면 용조(勇鳥) 즉, '용감한 새'라는 뜻. 지금 그는 그 이름에 걸맞도록 삭막한 장내의 기운에 아랑곳하지 않고 민첩하게 움직여서 사미륵을 보호하려 들고 있었다.

그러나 정작 사미륵은 그와 같은 몽조보의 행동이 마뜩찮은지 눈썹을 찌푸린 채 바라보았다. 그러다가 그 감정이

고스란히 담긴 인상으로 육태강을 바라보며 퉁명스럽게 대답을 재촉했다.

"그래서 결론은?"

육태강이 말문을 열었다.

사미륵이 아니라 아지랑이처럼 흔들리는 검은 안개에 휩싸여서 본모습이 보이지 않는 환사를 향해서였다.

"이번 청부의 대가가 얼마였지?"

검은 안개 속에서 환사의 음습한 목소리가 흘러나왔다.

"황금 이천 냥입니다."

육태강이 말했다.

"지불해."

"알겠습니다."

대답을 한 것은 환사였으나 직접 움직인 것은 한쪽에 대기하고 있던 두 명의 죄수였다. 그들은 육태강의 말이 끝나기 무섭게 대형 물레바퀴를 돌리기 사직했다.

십수 명이 매달려서 돌리던 대형 물레바퀴를 그들은 두 명이서도 매우 능숙하게 조작했고, 덕분에 아래로 내려갔던 밧줄이 순식간에 다시 올라왔다. 밧줄에는 곰처럼 거대한 체구의 사내 하나와 서너 개의 상자가 달라붙어 있었다.

유황동으로 올라선 곰 같은 사내가 육태강을 발견하고는 누런 이를 드러내며 웃었다. 덩치와 어울리지 않게 천진난

만한 태도라 어딘지 모르게 미욱한 느낌을 지울 수 없는 모습이었는데, 그는 그 상태로 육태강을 향해 스스럼없이 손을 흔들었다.

"형님."

시종일관 무심하기만 하던 육태강의 얼굴이 처음으로 부드러움을 담았다.

하지만 그가 뭐라고 대답할 사이도 없이 환사가 예의 음침한 목소리로 사납게 곰 같은 사내를 질타했다.

"멍청한 녀석! 아직도 그따위 언사를……!"

곰 같은 사내가 찔끔해서 고개를 숙이며 물러났다.

"죄, 죄송합니다, 사부님."

환사가 그런 사내를 향해 혀를 차고는 명령했다.

"주군의 명이시다. 청부 대금을 지불해라."

곰 같은 사내는 육태강을 보고 이어 그와 마주 선 사미륵 등을 확인했다. 그리고 그와 함께 올라온 상자들 중 두 개를 서둘러 들고 와서 사미륵 앞에 내려놓고는 열어 보라는 손짓을 했다.

사미륵이 몽조보에게 말했다.

"확인해 봐."

몽조보가 조심스럽게 나서서 한 무릎을 꿇으며 상자를 열었다.

순간 그다지 밝지 않은 유황동의 불빛 아래서도 상자 안의 물건이 휘황한 광채를 발했다.

금이었다.

두 상자 모두에는 조각난 돌처럼 불규칙한 단면으로 쪼개진 작은 금덩어리가 가득 담겨져 있었다. 한 상자에 일천 냥씩, 도합 이천 냥의 황금이었다.

몽조보는 그 휘황한 금빛의 위력과 황금이 주는 위압감에 눌린 듯 잠시 아무런 말도 행동도 못 하고 있다가, 이윽고 사미륵을 향해 고개를 끄덕여 보였다.

사미륵이 그제야 담담한 미소를 보이며 육태강을 보았다.

하지만 무언가 말을 하려고 그의 입이 열리기도 전에 육태강이 먼저 말했다.

"두 상자를 더 건네라."

곰같이 생긴 사내에게 던진 말이었다. 곰 같은 사내는 밑도 끝도 없이 내려진 명령을 듣고도 일말의 망설임 없이 다시금 상자 두 개를 들고 와서 사미륵 앞에 내려놓았다.

육태강의 명령이라면 짚더미를 지고 불 속에 뛰어들라고 해도 망설이지 않을 것 같은 모습이었다.

사미륵이 새롭게 전달된 두 개의 상자를 일견하며 육태산을 보았다.

"뭐지, 이건?"

육태강이 말했다.

"우리는 중원으로 간다. 안내자로 나서 주겠다면 그걸 가져도 좋다."

사미륵이 잠시 여유를 두었다가 물었다.

"이걸 거절하면 내게 무슨 불이익이 있는 건가?"

육태강은 고개를 저었다.

"없다."

사미륵이 그제야 미소를 지으며 말했다.

"그럼 거절하도록 하지. 내가 중원하고는 사대가 맞질 않아서 말이야."

"아쉽군."

육태강은 정말 아쉬운 것 같았다. 좀처럼 감정의 변화를 찾아보기 힘든 그의 얼굴에 그처럼 서운한 기운이 담기고 있었다.

그러나 그것이 다였다. 그는 두말없이 돌아섰다.

"인연이 있으면 다시 보자."

*　　*　　*

유황도의 상황이 정리되는 데에는 그다지 오랜 시간이

걸리지 않았다. 자리를 옮겨서 노백상과의 논의를 끝낸 송계악의 주도 아래, 유황도는 불과 한 시진도 되지 않아서 여느 때와 다름없는 평상의 일과로 회귀했다.

유황동을 잠시 폐쇄한다는 것과 죄수인 노백상이 중용된다는 것, 그리고 뇌옥의 모든 대소사를 관리하던 장관들을 대거 파면하겠다는 송계악의 갑작스런 명령도 대부분의 군졸들은 별다른 거부감 없이 순순히 받아들였다.

그 모든 것이 금의위의 감찰 결과라는 한마디가 그들을 납득시켰다.

그렇게 해서, 육태강을 위시한 여덟 명의 죄수는 약간의 변장만으로 말을 타고 당당하게 유황도의 정문을 나설 수 있었다.

표면적으로 그들은 감찰관이 파면시킨 장관들이었다.

"얼마 만에 보는 바깥세상이지?"

유황도의 바위 무더기가 등 뒤로 손톱처럼 작고 아련하게 보이는 모래 바다의 구릉이었다.

잠시 인솔자로 변해서 앞서 나가던 사미륵이 문득 말머리를 돌려서 육태강의 곁으로 다가와 물었다.

유황도를 벗어나기 전부터 육태강은 줄곧 침묵을 지키고 있었다. 내색은 삼갔으나, 그는 그런 육태강의 태도를 못내 답답해하고 있다가 마침내 참지 못하고 나선 것이었다.

그러나 육태강의 태도는 변하지 않았다. 그는 사미륵의 질문을 듣지 못한 것처럼 전방으로 고정된 시선조차 돌리지 않고 있었다.

사미륵은 은근히 감정이 상했으나 참고 다시 말했다.

"대충 눈치를 보니 십 년 전쯤 들어간 것 같은데, 역시 사천혈사와 연관되어 있는 건가?"

육태강이 힐끗 사미륵을 일별하며 무심히 말했다. 사천혈사라는 말에 보인 반응이었다.

"더 이상의 인연이 없다면 나에 대해서 알려고 들지 마라. 좋지 않아. 나에게나, 너에게나."

"그런 건 잘 모르겠고……."

사미륵은 어깨를 으쓱했을 뿐 굴하지 않고 말했다.

"내가 궁금한 건 도저히 못 참는 성격이거든. 명색이 내가 너를 탈출시켜 준 사람이잖아. 그것도 천하삼대불귀뇌옥 중의 하나라는 유황도에서. 이번 일로 평소 그 방향으로는 오줌도 안 싸는 내가 경사를 오가며 소문을 꾸미고 각종 증명서를 위조하느라 얼마나 고생이 심했는지 알아? 내 생각에는 자기를 위해 그 정도 고생을 해 주었으면 굳이 다른 인연이 없더라도 이 정도 사소한 호기심은 가볍게 풀어 줘도 될 것 같은데, 그렇지 않나?"

"아니."

육태강은 시선도 주지 않고 대수롭지 않게 잘라 말했다.

"그건 청부였고, 너는 이미 그 청부의 대가를 받았다. 더는 욕심내지 마."

사미륵은 육태강의 무심한 태도와 야박한 말투에 참고 있던 감정이 폭발했다.

육태강의 말속에 묘한 의미가 담겨 있는 것 같아서 더욱 그랬다. 그가 마치 다른 의도를 가지고, 바로 황금을 노리고 육태강의 뒤를 캐려는 것처럼 말하고 있지 않은가.

그는 잔뜩 인상을 찌푸려서 불편해진 감정을 노골적으로 드러냈다. 말투도 자연히 거칠어졌다.

"이거 정말 묘하게 나를 일깨워 주네. 그래, 맞아. 네 말마따나 우리 사이에 더는 남은 계산이 없긴 하지. 그런데 말이야, 아무리 그래도 그런 식으로 말하면 곤란해. 아는지 모르겠지만 마당쇠가 마당 쓸려고 빗자루를 들었는데 주인이 마당 쓸라고 명령하면 빗자루를 패대기쳐 버리고 싶어지듯, 전혀 그런 마음이 없었는데도 상대가 그런 마음이 있는 것으로 보고 있으면 정말 없던 마음도 생기는 법이거든. 내가 그리 정도를 걷고 산 인생도 아니고 말이지."

그는 피식 웃고는 위협하듯 한 마디 더 했다.

"알다시피 나 마적단의 수괴잖아."

육태강이 고삐를 당겨서 말을 세웠다. 그는 시선을 여전히 전방에 고정한 상태로 물었다.

"그래서 그런 마음이 생긴 것 같지는 않군. 이 정도면 그저 애초부터 본업에 충실했던 것 아닌가?"

사미륵은 대체 무슨 말인가 싶어서 어리둥절해하다가 이내 상황을 깨닫고 오만상을 찡그렸다.

육태강의 시선이 고정된 전방이었다.

저 멀리서 먼지구름이 피어나고 있었다. 그들을 향해 폭풍처럼 질주해 오는 수백의 인마가 피워 내는 먼지구름이었다.

사막이라 멀리서도 한눈에 들어오는 검은색 일색으로 복장을 통일하고 선두에서 누가 당겨서 찢어진 것처럼 너덜너덜한 모양의 황색 깃발 하나를 높이 들고 달려오는 그 인마 떼는 다름 아닌 광풍사의 무리였다.

사미륵은 대번에 그걸 알아보고 곁을 따르고 있는 몽조보를 매섭게 노려보았다.

"뭐야?"

몽조보가 어색한 표정으로 머리를 긁적이며 대답했다.

"그게 혹시나 해서, 만약을 위한 대비로……."

몽조보는 이번 계획이 틀어질 경우를 대비해서 여차하면 언제든지 지원할 수 있도록 유황도로 들어오는 길목에 광풍사의 무리를 대기시켜 놓았던 것이다.

"너 나중에 봐."

사미륵은 한 차례 더 몽조보에게 사나운 눈총을 주며 경고하고는 곧바로 육태강을 향해 다시 말했다.

"걱정하지 마. 들었다시피 그럴 의도는 전혀 없으니까."

육태강이 태연히 대꾸했다.

"다행이군. 오랜만에 보는 하늘 아래서 피를 보기는 싫었는데."

그가 말하는 피는 그의 피가 아니라 상대의 피일 것이다.

사미륵은 하도 어이가 없어서 웃음조차 나오지 않았다.

수백을 헤아리는 무리를 상대로, 그것도 보통의 무리가 아니라 대막의 공포라는 광풍사의 전사들을 상대로 저런 소리를 지껄이는 사람이 과연 천하에 몇이나 있을 것인가. 아니, 있기나 할까?

사미륵은 타고난 반골 기질이 발동해서 한마디 하지 않을 수 없었다.

"그래도 조심은 해야지. 세상이, 그리고 사람 마음이 매사에 정해 놓은 대로만 움직이지는 않으니까."

육태강이 예의 무심한 어조로 말을 받았다.

"그래. 그러니까 조심해."

사미륵은 잠시 육태강의 말에 담긴 의미를 되새겨 보다

가 눈살을 찌푸렸다. 그는 매서운 눈길로 육태강을 쏘아보
며 확인했다.

"지금 나보고 조심하라는 거야?"

육태강이 심드렁하게 대꾸했다.

"그럼 내가 지금 너 말고 다른 누구랑 얘기하고 있나?"

사미륵은 헛웃음을 흘리며 물었다.

"왜 내가 조심해야 하지?"

육태강이 대수롭지 않게 설명했다.

"나는 탈옥수고 너는 내가 탈옥수라는 걸 알고 있는 사
람이니까. 그리고 네가 말한 것처럼 사람의 마음은 언제 어
떻게 변할지 모르는 법이니까."

사미륵은 멍한 표정을 지으며 되물었다.

"그러니까, 살인멸구? 송계악이 네 뜻을 받아들이지 않
으면 유황도의 전 인원을 몰살하겠다고 선언한 것처럼 여
차하면 나도, 아니 우리 광풍사도 모조리 죽일 수 있다는
건가?"

"그게 그런 뜻이었습니까?"

몽조보가 대뜸 끼어들며 험악하게 일그러진 눈으로 육태
강을 노려보았다. 태생이 앞뒤 가리지 않는 단순한 사람답
게 당장에라도 칼을 뽑아서 피를 볼 것만 같은 모습이었다.

사미륵은 육태강에게 시선을 고정한 상태로 가볍게 손을

들어서 몽조보의 앞을 막았다.

"물러나!"

몽조보는 몹시도 분노한 모습이었으나 감히 사미륵의 명령을 거역하지는 않았다.

사미륵은 몽조보가 물러나자 한결 더 냉정해진 목소리로 육태강을 향해 말했다.

"정말 그런 건가?"

육태강이 답변에 앞서 전방에 고정되었던 시선을 사미륵에게 돌리고는 잠시 그의 눈을 바라보다가 대답했다.

"그렇다. 그리고 그런 일이 없기를 바란다."

제육장

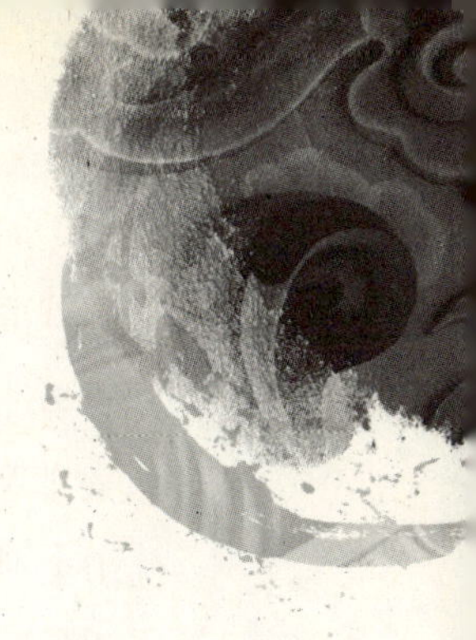

사미륵은 정말이지 너무 황당해서 할 말을 잃어버렸다.

그의 눈을 바라보는 육태강의 눈빛에서 추호도 거짓을 읽을 수 없었기 때문에 더욱 어처구니가 없었다. 그게 실현 가능성이 있는지 없는지를 떠나서, 분명 그가 보는 육태강은 진실을 말하고 있는 것 같았다.

그리고 육태강이 너무도 태연스럽게, 마치 자기가 마음만 먹으면 당연히 그렇게 될 수밖에 없다는 식으로 말하고 있어서 그런지, 반발은커녕 정말로 그럴 수도 있다는 기분마저 들어서 스스로에게조차 어이가 없는 상황이었다.

그런데 더욱 어이없는 것은, 그래서 마치 꿈을 꾸고 있는

게 아닌가 하고 현실을 의심하게 되는 것은 그런 와중에 그를 바라보는 육태강의 얼굴이, 그리고 그 눈빛이 왠지 모르게 마음에 든다는 사실이었다.

사람이 사람에게 어느 한순간 이유도 없이 혹은 이유를 찾을 겨를도 없이 반하게 되는 경우가 있는데 지금의 그가 그런 경우를 경험하고 있는 것이었다.

그때 목소리가 들려왔다. 그게 그의 정신을 본래의 자리로 돌려놓았다.

"별고 없으셨습니까, 대당가!"

사미륵은 재빨리 정신을 수습하며 목소리가 들려온 방향을 보았다. 그의 전면에는 어느새 광풍사의 무리가 도착해 있었다.

그중에 선두를 차지한 인물이 마상에서 뛰어내리며 무릎 꿇고 그를 향해 포권의 예를 취했다.

긴 장발에 검은 수실에 묶인 철전으로 한쪽 눈을 가린 오십 대의 애꾸눈 중년인, 몽조보와 마찬가지로 광풍사의 사대천황 중 하나로 꼽히는 약지광이었다.

"대당가를 뵙니다!"

어느새 마상에서 내린 수백의 사내들이 약지광의 인사가 끝나기 무섭게 일제히 무릎을 꿇고 고개를 숙이며 크게 외쳤다. 가히 대막의 공포라는 소문에 걸맞도록 거칠고 사나운 기상이 엿보이는 우렁찬 목소리였다.

그러나 사미륵은 냉담하게 반응했다.

"대체 이게 무슨 짓이야?"

사나운 눈초리로 수하들을 훑어본 그는 약지광에게 시선을 고정하며 매섭게 질타했다.

"약지광! 몽조보가 아무리 입바른 소리를 해도 그렇지, 명색이 광풍사의 군사인 당신이 어찌 이렇게 놀아날 수가 있는 거지? 설마 정말로 대명 군부와 전쟁이라도 할 생각이었나?"

약지광이 고개를 숙이며 대답했다.

"죄송합니다만 대당가, 애초부터 이번 계획은 몽조보가 아니라 제 머리에서 나왔습니다. 그리고 또 말씀드리자면 이번 일은 대당가께서 사전에 나서지 말라는 엄명을 내려놓으신 터라 중도에 그 어떤 사달이 일어났어도, 설령 대당가께서 목숨을 잃는 사태가 벌어졌어도 저희들이 나서는 일은 절대 없었을 겁니다. 그 어떤 것보다 우선 되는 것이 바로 대당가의 명령이니까요."

사미륵은 인상을 썼다.

"그런데 왜……?"

약지광이 기다렸다는 듯 단호하게 말했다.

"복수는 해야지요. 피는 피로, 단 하나의 목숨이 남을 때까지. 이게 바로 선대부터 이어진 광풍사의 전통이며 이 험악한 대막에서 여태껏 광풍사가 생존할 수 있었던 이유가 아니겠습니까."

사미륵은 뭐라고 할 말이 없어서 말문이 막혔다.

약지광의 말이 하나도 틀린 구석이 없는 데다가 애초부터 질타를 위한 질타가 아니라 육태강으로 인해 생긴 어색함을 감추기 위해 시작한 질타였기에 더욱 그럴 수밖에 없었다.

그렇게 곤혹스러워하는 그의 귓가로 육태강의 목소리가 들려왔다.

"좋군."

사미륵은 시선을 돌려 육태강을 보았다. 육태강이 그의 시선을 마주하며 예의 무심한 목소리로 다시 말했다.

"좋은 수하를 두었어."

약지광이 육태강을 살펴보고는 사미륵에게 넌지시 물었다.

"이분은 누구신지?"

"저자에 대해선 모르는 것이 좋을 거요, 형님. 자기에 대해서 알고 있는 대당가와 우리들을 모두 죽일까 말까 고민하고 있는 대단한 탈옥수시니까."

몽조보였다.

그가 사미륵보다 먼저 나서서 앞서 사미륵의 제지로 풀지 못한 악감정을 드러낸 것이다.

약지광이 눈살을 찌푸리며 몽조보를 쏘아붙였다.

"대체 너는 무슨 말을 하는 거냐, 지금?"

몽조보가 버럭 짜증을 부렸다.

"아니, 귓구멍이 막혔소? 듣고도 모르게. 저 녀석이 그랬다고요. 여차하면 자기에 대해서 알고 있는 대당가와 우리 광풍사를 모조리 죽일 테니 입조심하라고!"

약지광은 어이없다는 표정을 지으며 몽조보를 외면하고는 사미륵을 향해 물었다.

"저 멍청한 녀석이 지금 무슨 헛소리를 지껄이는 겁니까, 대당가?"

사미륵은 선뜻 대답하지 못하고 머뭇거렸다.

사람의 말은 '아' 다르고 '어' 다른 것이 사실이다. 또한 내용에 상관없이 말하는 태도나 억양에 따라서도 전달되는 의미가 크게 곡해될 수 있다. 지금 몽조보의 말이 그런 범주에 있다고도 볼 수 있었다.

다만 거친 태도에 투박한 말투를 사용해서 그렇지, 기본적으로 육태강이 전달한 의미는 그대로 담고 있어서 사미륵은 인정하기도, 그렇다고 부정하기도 애매한 상황이라 뭐라 선뜻 말할 수가 없었다.

몽조보가 목소리를 높여서 투덜거렸다.

"아참, 형님도. 내 말이 맞다니까. 정말 그랬다니까."

"조용히 안 해! 죽을래?"

사미륵은 대뜸 눈을 부라리며 몽조보에게 쏘아붙였다.

가뜩이나 한 번도 경험해 보지 못한 심란한 마음 때문에 정신이 없는데 자꾸 심기를 건드리자 폭발해 버린 것이다.

몽조보가 자라목을 하며 조개처럼 입을 다물고 물러났다. 사미륵은 그런 몽조보를 거듭 사납게 노려보는 것으로 한 번 더 경고하고는 약지광에게 시선을 주며 말했다.

"별일 아냐. 그저 일이 다 끝난 마당이라 헤어지기 전에 각자 솔직하게 마지막 인사를 나누고 있었을 뿐이야."

약지광이 두 눈을 가늘게 접으며 말을 받았다.

"그러니까 그런 말을 하기는 했군요, 저 친구가."

사미륵은 짐짓 싸늘하게 말을 잘랐다.

"별일 아니라고 했지!"

약지광이 조용히 물러났다.

"알겠습니다, 대당가."

그러나 물러나며 힐끗 육태강의 모습을 곁눈질하는 약지광의 외눈에는 이미 싸늘한 적의가 담겨 있었다. 그들의 대화를 들은 광풍사의 사내들 역시도 육태강을 바라보는 눈빛이 그렇게 변해 있었다.

다른 건 다 참아도 동료를 무시하거나 모독하는 행위는
절대 참지 못하는 것이 바로 그들 광풍사 사내들의 내력이
요, 신조였다.

하물며 육태강은 그들이 하늘같이 받드는 대당가인 사미
륵을 상대로 감히 협박을 했다고 하지 않은가. 그들은 충분
히 분노하고 있었다.

사미륵은 대번에 그와 같은 분위기를 읽고 나섰다. 아니,
나서려 했다.

하지만 그보다 먼저 나서서 말문을 여는 사람이 있었다.

"아무래도 여기서 작별을 고해야겠군. 괜한 사달은 껄끄
러워서 말이야."

육태강이었다. 사미륵이 그렇듯 그도 장내의 분위기를
파악한 모양이었다.

사실 바보가 아닌 다음에야 파악하지 못할 수 없었다. 살
기까지는 아니었으나 그와 비견될 만큼 강렬한 적의가 담
겨진 광풍사 사내들의 눈초리가 그에게 집중되어 있었으니
까.

"수고했어. 평소 믿고 의지하던 환사의 추천이라 맡기긴
했지만 이렇게까지 완벽하게 해낼 줄은 몰랐다. 정말 흠 잡
을 곳 없이 잘했다. 늦었지만 네 능력을 인정한다. 그럼 이
만."

육태강은 남을 인정하거나 칭찬해 본 적이 없는 사람인
것 같았다. 가뜩이나 무덤덤한 그의 태도가 이 말을 할 때
더욱 무심해 보이는 이유가 거기에 있을 터였다.

그렇게 건조하게 느껴질 정도의 태도로 사미륵에게 말을
건넨 그는 새삼 정중한 포권의 예를 취했다. 그리고 돌아서
서 발길을 옮겼다. 얼떨결에 인사를 받은 사미륵이 뭐라고
답례를 하려고 입을 열기도 전이었다.

사미륵은 어쩔 수 없이 우두커니 서서 발길을 옮기는 육
태강을 바라보았다.

육태강은, 그리고 그를 따르는 무리는 사나운 눈길을 던
지며 광풍사의 사내들을 가로질렀다.

북동 방향이었다. 바로 새외를 벗어나는 관문인 옥문관
을 향해서일 터였다.

"음……."

사미륵의 두 눈이 묘한 감정의 빛으로 일렁거렸다. 동시
에 입에서는 나직한 침음이 흘러나왔다. 여러 가지 감정이
복합된 눈빛과 침음이었다.

우선 이유를 알 수 없는 아쉬움이 있었다. 그리고 살벌하
게 노려보는 광풍사 사내들 사이를 가로지르고 있으면서도
태연하기만 한 육태강과 그 일행의 모습이 신선한 자극으
로 다가왔다.

명령에 죽고 명령에 사는 자들이라 그의 명령이 없는 이상 제아무리 화가 났어도 육태강 등을 공격할 리는 없다.

하지만 당사자들인 육태강 등은 그걸 모르지 않은가.

그럼에도 불구하고 육태강 등은, 특히 육태강은 주변을 전혀 의식하지 않고 그야말로 강호 유람에 나선 풍류객처럼 태연자약하게 걸어가고 있었다.

여차하면 한순간에 모두가 도부수로 돌변할 수도 있는, 그리고 실제로 그런 눈빛으로 잡아먹을 듯이 노려보는 사내들 사이를 걸어가면서도 조금도 위축된 기색이 없는 것이다.

사미륵은 자신도 모르게 말을 흘렸다.

"멋지지 않냐?"

곁에 있던 몽조보가 물었다.

"누가요?"

"누구긴 누구야, 저 자식이지."

"저 자식이요?"

몽조보가 심드렁하게 중얼거리며 그의 시선을 따라가서 육태강을 확인하고는 이내 어깨를 으쓱하며 약지광에게 시선을 주었다. 이게 무슨 일인가 묻는 눈길이었는데, 그 눈길을 받은 약지광도 모르기는 피차 매한가지였다. 약지광도 어리둥절한 눈길로 몽조보를 마주 보고 있었다.

사미륵이 그때 눈빛이 변했다.

"약지광!"

약지광이 갑작스런 부름에 흠칫 놀라서 머리를 조아렸다.

"예, 대당가."

사미륵이 말했다.

"당분간 광풍사를 부탁한다."

"예…… 예?"

약지광이 크게 당황한 표정을 지으며 사미륵을 보았다.

"아니, 그게 대체 무슨……?"

"우선 그렇게만 알고 있어."

사미륵이 대뜸 손가락 하나를 들어서 약지광을 입을 막고 덧붙였다.

"나중에 따로 기별을 넣을 테니……."

그러곤 약지광에게 뭐라고 말할 사이도 주지 않고 곧바로 신형을 날려서 허공을 가로질렀다. 한 마리 새처럼, 그리고 이내 깃털처럼 사뿐히 내려앉았다. 막 광풍사의 사내들을 벗어나고 있던 육태강의 옆이었다. 무려 칠 장여의 공간을 순식간에 가로지른 것이다.

뒤늦게 상황을 파악한 광풍사의 사내들이 감탄 어린 시선으로 사미륵을 바라보았다.

　그러나 정작 육태강은 별다른 변화가 없었다. 갑자기 하늘에서 떨어져 내린 사미륵을 보고도 놀라기는커녕 그저 발길을 멈추며 무심한 눈길을 던졌을 뿐이었다.

　사미륵이 그런 육태강을 향해 말했다.

　"하나만 대답해 주면 중원까지 안내해 주지. 아무 대가 없이, 무료로."

　육태강이 잠시 무심한 눈길로 사미륵을 보다가 물었다.

　"그래서 질문은?"

　사미륵이 말했다.

　"유황도에는 왜 들어간 거야? 그리고 나온 이유는?"

　육태강이 되물었다.

　"그건 하나가 아니고 둘인걸?"

　사미륵이 눈살을 찌푸렸다.

　"그래서 싫어?"

　육태강이 사미륵의 두 눈을 직시하며 예의 무미건조한 목소리로 말했다.

　"유황도에 들어간 건 내 의지와 상관없어. 사천혈사가 내 의지와 무관하게 벌어졌듯이."

　사미륵은 애써 육태강의 두 눈을 마주한 상태로 거듭 물었다.

　"그럼 나온 이유는?"

고요하던 육태강의 눈빛이 찰나지간 흔들렸다.

하지만 육태강은 그걸 확인할 기회를 주지 않겠다는 듯 사미륵을 외면했다. 그리고 한동안 저 멀리 전설처럼 그윽하게 감겨 있는 메마른 사막의 풍경을 아련하게 바라보다가, 작은 목소리로 중얼거렸다.

"일만이 넘는 목숨을 말 한마디로 죽일 수 있는 사람이 있더군."

육태강이 문득 고개를 돌려서 사미륵를 보았다. 그리고 너무 무덤덤해서 오히려 섬뜩한 느낌을 던지는 목소리로 가볍게 덧붙였다.

"그런 자리에 앉으면 어떤 기분인지 알고 싶어서."

사미륵은 역대 광풍사의 수장들 중에서 최고의 지략가로 평가받는 사람이었다.

덕분에 그는 육태강의 말이 누구를 두고 하는 말이며 어떤 의미를 담고 있는지 충분히 알아들을 수 있었다. 또한 그래서 본의 아니게 당황한 표정을 드러내고 말았다.

사미륵은 한동안 넋을 놓고 육태강을 바라보았다. 너무 어이없고 황당해서 무슨 말을 어떻게 해야 할지가 떠오르지 않았다.

그는 망설임 끝에 중얼거렸다.

"그런 건 경험해 보기 전에는 절대 알 수 없는 일이야."

육태강이 태연히 말을 받았다.

"그래서 그럴 생각이다."

사미륵은 거듭 놀라서 물었다.

"설마 역모를 꿈꾸나?"

"역모만이 그런 자리에 오를 수 있는 유일한 길이라고 생각하나?"

사미륵은 되물을 수밖에 없었다.

"그럼 아닌가?"

육태강이 대수롭지 않게 말을 흘렸다.

"물론 아니지. 세상에 한 가지 길밖에 없는 목적지는 존재하지 않아."

사미륵은 알 것도 같고 모를 것도 같았으나 결국 이해할 수 없어서 오만상을 찡그렸다. 하지만 새삼 따지고 물어볼 수는 없었다. 육태강이 너무도 당연하다는 듯이 말해서 그런지 왠지 거듭 물어보기가 꺼려졌다.

그는 잠시 머뭇거리다가 다른 것을 물었다.

"그래서 계획은 있고?"

육태강이 사미륵을 일견하며 대답했다.

"쉬운 세상에서 살았나 보군. 계획을 하면 그대로 이루어지는 세상에서."

"그게 아니라……."

부연하려는 사미륵의 말을 육태강이 잘랐다.

"나는 멀리 보고 살지 않아. 하루하루를 버티기도 힘든 세상에서만 살아왔거든."

사미륵은 불쾌한 눈빛으로 육태강을 응시하며 자못 싸늘하게 쏘아붙였다.

"이거 왜 이래? 내가 누군지 잊었나? 설마 개나 소나 다 광풍사의 우두머리가 될 수 있다고 생각하는 건 아니겠지?"

육태강은 아무런 반응을 보이지 않았다. 그저 침묵한 채 전방을 바라보는 자세 그대로 굳어서 말을 몰고 있었다.

사미륵은 답답해져서 한결 더 말머리를 육태강 쪽으로 붙이며 다시 말했다.

"말이 잠시 엇나갔는데, 난 다만 무슨 일이든, 계획이 없이는 안 된다는 거야. 어려운 상황이라면 더 그렇지. 누구라도 그리 생각할 거다. 실제로 난 늘 계획을 세웠고 그 계획대로 실천했기 때문에 오늘의 자리에 올라설 수 있었으니까. 그렇게 생각하지 않나?"

"너는 너. 나는 나."

짧고 단호하게 대꾸한 육태강이 여전히 전방에 시선을 고정한 채로 다시 말했다.

"중원으로 간다. 지금은 이게 다다. 어제의 나에게 유황도를 벗어나는 것이 전부였던 것처럼 지금의 나에겐 그게 전부인 거다. 그다음 일은 그다음에. 그러다 극복하지 못할 일이 생긴다면 그땐 언제나 그 일에 내 목숨을 건다. 여태껏 그래 왔던 것처럼."

사미륵은 육태강의 단호한 태도에 눌려서 할 말을 잊어버렸다. 은근히 부아가 치밀어 오르기도 했다. 그러나 일시적이었다. 시간이 흐를수록 감정이 사그라지고 육태강에 대한 호기심만 점점 더 커져 갔다.

그는 잠시 감정을 다스리고 나서 차분히 말했다.

"선이 분명하다는 건 질타받을 일이 아니지. 오히려 칭찬받아 마땅해. 개인적으로 아주 좋아하는 성격이기도 하고. 난 이도저도 아니게 흐리멍덩한 성격은 딱 질색이거든. 하지만……."

그는 목소리에 보다 힘을 실어서 말했다.

"생각 없이 선만 분명한 성격은 아주 문제가 많아. 단순한 것하고 무식한 것의 차이라고나 할까? 같은 불길에 뛰어들어도 단순한 사람은 이유를 알고 뛰어들지만 무식한 사람은 이유도 모르고 뛰어드는 경우가 흔하거든."

그는 육태강을 직시하며 물었다.

"너는 어느 쪽이야?"

육태강이 되물었다.

“그걸 묻는 이유는?”

의외의 반격이었다. 사미륵은 당황해서 잠시 안색을 붉히다가 애써 대답했다.

“순수한 호기심.”

육태강이 잠시 여유를 두었다가 대답했다.

“그런 걸 생각해 본 적은 없지만 굳이 따지자면 전자에 가깝겠지.”

사미륵이 즉시 말을 받았다.

“계획은 안 하지만 생각은 하고 산다?”

“이를테면 그래.”

육태강이 수긍하며 말했다.

“항상 최선의 선택을 위해서 노력하는 편이니까.”

사미륵은 가볍게 웃었다. 일종의 비웃음이었다.

“아닌 것 같은데.”

육태강의 무심한 시선이 사미륵에게 돌려졌다.

“그렇게 생각하는 이유는?”

사미륵은 의식적으로 육태강의 시선을 회피하며 설명했다.

“간단해. 지금 너의 결정에 따라서 아홉 명의 탈옥수가 무작정 중원으로 향하고 있어. 고작 다른 사람을 죽이고 빼앗은 호패(戶牌)와 로인(路人)만 믿고서 말이야. 생각이 있

는 사람이라면 절대 이런 결정을 내릴 수는 없다고 믿고 있
거든, 나는."

육태강이 조용히 확인했다.

"이대로는 중원으로 들어갈 수 없다는 건가?"

"절대!"

사미륵은 어깨를 으쓱하며 비아냥거렸다.

"장성을 지키는 군사들, 그리고 각기 도성에 주둔한 군
사들과 포두, 포졸들이 하나같이 벼락을 맞아서 바보가 되
었다면 문제없을 테지만."

육태강이 담담히 말했다.

"사실이 그렇다고 해도 어쩔 수 없지."

사미륵은 이건 또 무슨 말인가 싶어서 오만상을 찡그렸
다.

"대체 왜 어쩔 수 없다는 거야?"

육태강이 찡그리고 있는 사미륵의 두 눈을 직시하며 예
의 무감동한 어조로 말했다.

"내가 무언가를 계획하는 성격은 아니지만 매 순간마다
최선을 다하는 성격이라고 이미 밝혔지?"

이 말은 질문이 아니었는데도 불구하고 사미륵은 무의식
중에 고개를 끄덕거렸다. 그를 바라보는 육태강의 눈빛에
는 그처럼 강렬한 기세가 담겨 있었다.

"거짓말이 아니야, 그 말은. 나는 앞서 이미 최선의 선택을 했어. 바로 이번 중원행의 안내자로 너를 선택했지. 그것도 내가 가진 최대의 비밀을 털어놓아야 하는 대가를 지불하고. 그러니 지금 내가 할 수 있는 건 기다리는 거야. 내가 선택한 안내자가 별도의 제안을 내놓을 때까지 원래 하던 일을 계속하면서. 그게 내가 아는 최선이기 때문이지."

사미륵은 의지와 무관하게 두 눈을 크게 뜨며 마른침을 삼켰다. 둔탁한 둔기로 뒤통수를 강하게 한 대 맞은 기분이었다.

그걸 아는지 모르는지, 육태강이 슬며시 저 멀리 전방으로 시선을 돌리며 높낮이 없는 목소리로 다시 말을 이어 나갔다.

"나는 단순한 사람이지, 여유가 없는 사람은 아니야. 그래서 결과를 보기 전까지는 상대를 믿어 주는 편이기기도 하지. 단순하게."

시간이 정지한 듯 굳어 있던 사미륵은 육태강의 시선이 떨어져 나가기 무섭게 어망에서 풀려나서 파닥거리는 물고기처럼 두 눈을 깜빡이며 정신을 차리고는 물었다.

"그건 경고인가?"

육태강이 대답했다.

"아니. 협박이야."

사미륵은 어이없다는 눈길로 육태강을 바라보며 입을 열었다.

그러나 그가 뭐라고 말을 하기도 전에 한 발 앞서 육태강이 다시 말했다.

"매 순간 최선을 다한다는 건 그만큼 매 순간을 절박하게 살고 있다는 뜻이야. 절박한 사람은 무슨 일이든 할 수 있어. 그 어떤 잔인한 일도. 실제로 그렇게 살아왔어.. 그러니 너도 나를 시답잖은 군자 나부랭이로 오해하지 말고 최선을 다해서 약속을 지켜 주길 바라. 원하던 결과가 나오지 않으면 그 어떤 잔인한 일도 서슴없이 해치워 버리는 것이 바로 나라는 인간이니까."

사미륵은 이제야말로 불편한 심기가 고스란히 드러나는 눈초리로 육태강을 바라보았다.

가슴 한구석이 먹먹해지고 있었다. 어디서부터 말이 꼬여서 상황이 이렇게 변질된 것인지 모르겠으나 이건 절대 그가 원하는 방향이 아닌 것이다.

'진심일까?'

문득 그런 생각이 드는 참인데, 투박한 목소리 하나가 그의 귀를 파고들었다.

"죽일까요? 명령만 내리시면 바로 목을 따 버리지요."

몽조보였다. 언제 어느 사이에 나타났는지 모르겠으나,

몽조보가 역으로 뽑아서 칼끝을 뒤로한 채 들어 올린 반월
도의 서슬을 육태강에게 겨누며 묻고 있었다.

"어서 명령을!"

몽조보가 사납게 육태강을 노려보며 재촉했다. 단순하다
는 측면만 놓고 따지면 천하에 둘째가래도 서러워할 사람
이 몽조보였다.

지금 몽조보는 앞서 육태강을 바라보던 사미륵의 불편한
눈초리를 적의로 판단한 듯 살기를 드러내고 있는 것이었
다.

사미륵은 어이없기 이전에 화부터 나서 나직이 으르렁거
렸다.

"칼 치워."

몽조보는 사미륵의 낮은 으르렁거림에서 진짜 살기를 느
꼈는지 평소와 달리 두말없이 반월도를 회수하며 물러났
다.

사미륵이 그런 몽조보를 잡아먹을 듯이 노려보며 물었
다.

"왜 온 거야, 너는?"

"죽어도 대당가 옆에서 죽으라고 해서 왔습니다."

몽조보는 사미륵의 성난 모습을 보고도 주눅 든 기색 하
나 없이 대답하고 있었다. 목에 칼이 들어와도 할 말은 하

고야 마는 천성을 그대로 대변하는 모습이었다.

사미륵은 평소 마음에 들어 하던 그 성격이 오늘 따라 왠지 모르게 고깝게 느껴져서 악을 썼다.

"누가?"

몽조보는 평소와 다름없이 심드렁하게 대답했다.

"물론 형이 그랬지요."

몽조보가 형이라고 부를 사람은 약지광밖에 없었다.

사미륵은 길게 한숨을 내쉬었다. 사실 몽조보의 입으로 듣지 않아도 사미륵은 이미 알고 있었다. 몽조보를 그에게 보낼 사람은 약지광밖에 없었다.

그리고 또 그는 알고 있었다. 약지광이 그의 안위와 관계된 일에 하늘이 두 쪽이 나도 두 발 벗고 나서는 인물이라면, 몽조보는 땅이 꺼져도 두 팔을 걷어붙이고 나설 사람이었다.

사미륵은 거푸 한숨을 내쉬며 몽조보를 바라보고 있다가 애써 마음을 추스르며 육태강을 향해 말했다.

"인원이 하나 더 늘어서 문제가 될 것은 없겠지?"

육태강이 시선도 주지 않은 채 지나가는 말처럼 대꾸했다.

"안내자가 제대로만 한다면."

사미륵은 코웃음을 치고는 눈에 불을 켜며 두 팔을 걷어붙였다.
“내가 얼마나 제대로 된 안내자인지 보여 주지!”
중원으로 향하는 육태강 일행은 그렇게 해서 열한 명이
되었다.

제칠장

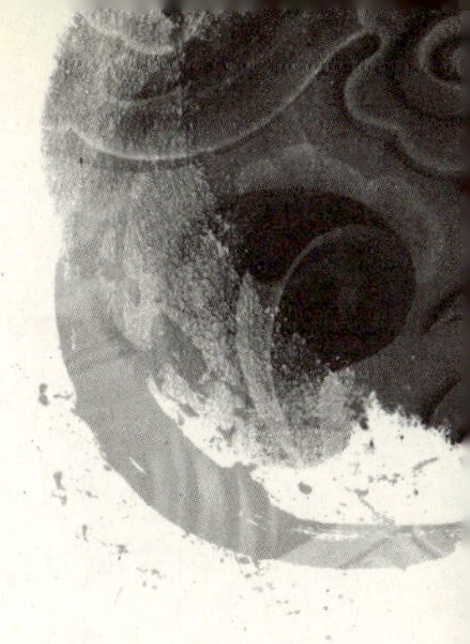

　사미륵이 제대로 된 안내자가 되기 위해서는 선행되어야 할 것이 몇 가지 있었다.

　우선 어디로 왜 가느냐를 알아야 한다는 것이 바로 그것이었다. 중원이라고 해서 다 같은 중원이 아닌 것이다.

　요컨대 중원은 중국의 문화의 발원지인 황허강(黃河江) 유역의 남북 지역을 통틀어 말하는 것으로, 경우에 따라서는 남칠성과 북육성 모두를 그 안에 포함시키는 사람도 있었다.

　육태강은 그에 대해 반신반의했다.

　"가는 장소야 그렇다 치고, 왜 가는지도 말해야 하나?"

사미륵은 단호하게 주장했다.

"너보다는 내가 더 중원에 대해서 잘 알고 있으니까. 그래서 네가 거기 가는 이유가 옳은 건지 옳지 않은 건지 적어도 너보다는 더 정확히 판단할 수 있으니까. 나를 안내자로 선택한 것이 그런 이유 때문이 아니었나?"

육태강은 묘한 표정이었다. 그는 납득하진 못하는 듯했으나 더는 거절하지 않고 답을 주었다.

"목적지는 호북성 무한(武漢)이다."

"이유는?"

"사람을 만나려고."

"누군데, 그 사람이?"

육태강의 안색이 조금 굳어졌다. 사미륵의 거듭되는 질문에 감정이 상한 모양이었다.

워낙 감정의 변화를 쉽게 드러내지 않는 사람이라 구별하기 쉽진 않았으나, 사미륵은 그걸 느낄 수 있었다. 사람의 감정은 때론 느낌만으로도 충분히 알 수 있는 것이다.

아니나 다를까, 이윽고 육태강의 입이 다시 열렸을 때 여태까지와는 사뭇 다른 목소리가 흘러나왔다. 너무 건조하고 무감동해서 그 어떤 목소리보다도 냉정하게 다가드는 경고였다.

"나에 대해서 아는 게 많을수록 위험해진다."

사미륵은 소름이 돋았다. 분명 두려움은 아니었으나 그에 준하는 서늘함이 등줄기를 타고 흘렀다.

하지만 그가 물러날 정도는 아니었다. 명색이 그는 대막의 공포라는 광풍사의 대당가인 것이다.

그는 차게 웃으며 물었다.

"경고인가?"

육태강은 대답하지 않고 침묵을 지켰다. 그게 경고라는 의미를 더욱 강하게 전달했다.

사미륵은 그래도 물러나지 않았다.

"그래도 알 건 알아야겠어. 일을 제대로 수행하려면 필요하니까. 네가 찾는 그 사람이 사실은 무한이 아니라 다른 곳에 있을 수도 있지 않겠어? 혹은 이미 죽었을 수도 있고."

그는 육태강을 바라보며 한결 더 강경한 목소리로 덧붙였다.

"네가 무려 십 년이 넘는 세월 동안 외부와 단절되어 있었다는 사실을 잊지 마. 그 세월이 강산만 변하게 하는 것이 아니라는 것도 명심하고."

육태강이 가만히 그의 두 눈을 직시했다. 강렬함이 아니라 무심함으로 무장한 눈초리, 이유도 모르게 견디기 어렵게 만드는 눈빛이었으나 사미륵은 애써 피하지 않았다.

육태강이 이내 시선을 바로 하며 말했다.

"산노인."

"산…… 노인?"

"내가 아는 건 그것뿐이다."

사미륵은 절로 오만상을 찌푸렸다.

산노인이라니? 난생처음 들어 보는 이름이었다.

육태강이 습관처럼 시선도 주지 않고 물었다.

"아나?"

사미륵은 솔직하게 대답했다.

"몰라."

"그래서 결론은?"

"가야지. 호북성 무한으로."

사미륵은 대답을 끝내기 무섭게 고삐를 당겨서 타박거리며 걷던 말을 세웠다.

육태강이, 그리고 그들의 뒤를 따르고 있던 일행들 모두가 덩달아서 말을 세우며 그를 주시했다.

"하지만 그쪽이 아니라 이쪽이야."

사미륵은 말머리를 뒤로 돌리며 부연했다.

"우리는 옥문관이 아니라 청해성과 사천성을 경유해서 호북성으로 들어간다."

육태강이 물었다.

“이유가 있겠지?”

사미륵은 웃었다.

“그게 편하니까.”

사미륵은 단순히 편하다는 말로 대신했으나 사실은 그만
한 이유가 있었다. 어쩌면 그럴 수밖에 없는 이유였다.

작금의 강호무림은 불안한 정국에 시달리는 황궁과 개
파 이래 최고의 성세를 맞이하고 있으면서도 황궁의 눈치
를 보는 강북사패와 그 강북사패의 기세에 눌리지 않으려
고 힘을 모으려는 강남팔대무가, 그리고 그 사이에서 전전
긍긍하는 구대문파의 대립 아래 돌아가고 있었다.

그런데 최근 그 대립의 양상이 급격히 변화했다. 대립의
축을 이루는 강북사패와 강남팔대무가의 경쟁을 그저 관망
하고만 있던 구대문파가 적극적으로 그 속에 뛰어든 것이
다.

이유는 간단했다. 대개의 큰 사건이 그러하듯 이번 사건
의 발단도 아주 사소한 것으로부터 시작되었다.

강북사패와 강남팔대무가의 대립을 장강을 사이에 두고
목하 대립이라는 말로 설명하지만 실제는 장강을 오가며
싸움이 벌어지는 경우도 허다했다.

또한 공식적으로 전쟁을 선포하지만 않았을 뿐이지 보이

지 않는 곳에서의 약탈과 방화는 물론이거니와 대낮에 칼부림이 종종 벌어지는 지역도 적지 않았다.

그중의 한 지역이 바로 형문산(荊門山)과 의창부(宜昌府)가 마주 보는 장강 유역이었다.

강북에 속하는 의창부에는 강북사패의 하나인 철혈구호방(鐵血九虎幇)의 제일분타가 있고, 하남에서 수려한 산세로 시인묵객의 발길을 유혹하는 형문산에는 강남팔대무가의 하나인 황보세가(皇甫世家)의 대장원이 자리해 있으며, 그들은 각기 장강 유역에서도 절경으로 손꼽히는 이 일대에 지대한 관심을 가졌기 때문이다.

덕분에 그들이 대치한 장강 유역에서 크고 작은 싸움이 잦은 것은 어쩔 수 없는 현실이었는데, 얼마 전에 뜻하지 않은 문제가 발생했다.

형문산 인근에서 가장 번화한 호씨현(戶氏縣)의 한 주루에서 그들 간에 싸움이 벌어졌고, 늘 그렇듯 대기하고 있던 관군이 출동해서야 싸움이 끝났다.

그 싸움으로 서로 간에 사망자는 나지 않았다. 적어도 관군 앞에서 대놓고 살인을 저지르는 경우는 피하는 것이 그들뿐만이 아니라 강호의 전 무림인들이 지키려고 노력하는 묵계였으니까.

그러나 정작 문제는 그들이 싸움을 끝내고 돌아간 다음

에 드러났다.

그들 간에 사망자는 없었으나, 그 자리에는 사망자가 있었다. 그들의 싸움을 구경하던 주점의 손님이, 정확히는 육십 대의 노인 하나가 죽어 있었다. 누구에게 어떻게 당했는지는 모르겠으나 분명히 누군가의 칼에 당한 상태로.

사실 따지고 보면 노인의 죽음이 크게 문제 될 것은 없었다. 그간 무림인들의 싸움에 휘말려서 애꿎게 죽은 생명이 어디 한둘이겠는가.

다만 문제는 그 노인의 아들이 하필이면 무당파의 속가 제자였고, 우연찮게도 무공은 그다지 뛰어나지 않으나 타고난 효자인 데다가 성격이 불같다는 점이었다.

호씨현은 강북이 아니라 강남 쪽에 자리한 지역, 그래서 철혈구호방의 제자들은 돌아갔으나 황보세가의 무사들은 그 자리에 남아 있었던 탓에 노인의 죽음을 발견하고 이를 아들에게 알릴 수 있었고, 자연스럽게 의심을 벗었다.

아버지의 죽음을 전해 들은 아들은 이성을 잃은 상태로 검을 뽑아 들고서 철수하고 있던 철혈구호방의 제자들을 추적했다.

그리고 죽었다.

문하의 죽음을 전해 들은 무당파는 나서지 않을 수 없었다. 다른 것은 다 포기할 수 있어도 제자만큼은 절대 포기

할 수 없는 것이 명문정파의 표상인 그들 구대문파였다. 구
성원의 하나라도 누군가에게 당하면 문파의 명예를 걸고
보복한다는 그들의 지론은 기본적으로 제자와 명예는 동격
이라는 관념에서 출발하는 것이다.

무당파의 장문인 청엽진인(青燁眞人)은 즉각 철혈구호방
주인 위지광(慰遲光)에게 서신을 띄워서 사건의 진상을 요
구했다.

강호무림에 소문난 호한인 철혈구호방주 위지광은 청엽
진인의 요구를 묵살했다. 두 문파의 싸움에서 비롯된 일을
가지고 한 문파에게만 일방적으로 따지고 드는 것은 도의
에 어긋나는 일이니 받아들일 수 없다는 것이 위지광의 주
장이었다.

하지만 그건 위지광이 황보세가주인 황보천(皇甫天)이 이
미 청엽진인을 만나서 정중히 사과하고 사건의 진상을 밝
히기 위해서라면 모든 지원을 아끼지 않겠다고 약속했다는
사실을 몰라서 취한 행동이었다. 나중에 그와 같은 사실을
알았을 때에는 이미 굽히고 들어가기에는 자존심이 상하는
일이라는 판단이 내려졌고 말이다.

청엽진인은 더 이상 위지광에게 무언가를 요구하지 않았
다. 대신 대규모 제자들을 형문산 일대로 파견했다. 사건의
진상을 파악하기 위해서였고, 황보세가의 무사들이 그들을

도왔다.

　말하기 좋아하는 호사가들은 명목상 그럴 뿐이지 실제는 인근에서 영향력이 커지고 있는 철혈구호방의 세력을 이번 일을 빌미로 황보세가와 손잡고 충분히 견제하겠다는 무당파의 의지가 아니냐고 수군거렸다.

　긴장감이 팽배해져 감에도 청엽진인은 아직 진상이 파악되지 않았다는 이유로 한 달이 지난 지금까지도 삼문협 일대에서 제자들을 철수하지 않고 있었다. 덕분에 호북성 일대는 물론 철혈구호방의 총단이 자리한 하남과 어쩔 수 없이 무당파의 편에 서야 하는 화산파의 섬서 등지에 이르는 지역은 그야말로 터지기 일보직전의 화약고처럼 긴장감이 흐르는 전선으로 변해 있는 것이다.

　결국 만 리 밖에서 벌어지고 있는 그 사건이 육태강 일행의 진로를 바꾸어 놓은 셈이었다.

　옥문관을 택하면 당연하게도 돈황과 하서회랑을 거쳐서 감숙을 벗어나야 하고, 그럼 어쩔 없이 분쟁 지역인 섬서를 가로질러야만 호북으로 들어갈 수 있기 때문이다. 게다가 그들 세력의 대립이 극에 달한 마당이라 관부도 촉각을 곤두세우고 있으니 그에 따르는 부담도 크고 말이다.

　그럴 바에야 차라리 약간 돌아가더라도 안전하게 청해(靑海)를 통해 사천성으로, 그리고 중경(重慶)을 거쳐 호북으로 들어가자는 것이 사미륵의 주장이었던 것이다.

사미륵의 의견을 들은 육태강은 일말의 망설임도 없이 수긍하며 따랐다.

사실 아는 사람만 아는 얘기지만, 그간 육태강에게 이것이 조금 낫다는 식의 선택지는 없었다. 그의 선택은 언제나 전부가 아니면 전무라는 식의 극단을 달렸고, 일단 선택한 것에 대해서는 절대 돌아보지 않았다. 적어도 사천혈사 이후 유황도에 수감되고부터는 그랬다.

그런 그에게 사미륵의 이번 제안은 최선인지 아닌지, 또한 옳은지 옳지 않은지를 떠나서 당연히 받아들여야 할 사안이었다. 그는 이미 사미륵을 안내자로 선택했기 때문이다.

그러나 그런 육태강에 반해 사미륵은 조금 달랐다.

사미륵은 최선이라고 판단해서 결정한 것에 대해서도 다시 생각해 보고 거듭 따져 보는 경향이 있었다. 그런 치밀한 성격 탓인지 그는 그게 사물이든 혹은 사람이든 간에 무엇인가에게 관심을 가지게 되면 그 실체를 모두 이해하기 전까지는 절대 물러서지 않는 것으로도 정평 나 있었다.

이번도 그런 경우였다. 그는 안내자로 나서기 전부터 육태강라는 인간에 대해서 호기심을 느끼고 있었다.

하루는 잘 참았다. 하지만 이틀은 넘기지 못했다. 청해성

의 성경계를 넘어서 가슴을 탁 트이게 하는 시달목분지(柴
達木盆地)의 푸른 초원을 눈앞에 두고도 사미륵은 전혀 상
쾌하지가 않았다.

사미륵은 결국 참지 못하고 육태강을 향해 말했다.

"너에 대해서 알면 알수록 위험하다고 했지?"

여태까지 늘 그래 왔듯이 육태강은 좀처럼 그에게 시선
을 주지 않았다.

"그래서?"

사미륵은 고까웠지만 내색을 삼가며 말했다.

"내가 그 위험을 좀 더 부담해 보기로 결정했다."

육태강은 침묵한 채 아무런 대답도 하지 않았다.

사미륵은 기다리다가 답답해서 인상을 쓰며 다시 말했
다.

"내 말 들었냐?"

육태강이 무심히 그를 일별했다.

"뭘 더 알고 싶은데?"

사미륵은 그제야 인상을 풀고 씩, 웃으며 한결 부드럽게
말문을 열었다.

"너에 대해서, 아니 너희들에 대해서라고 해 두지. 우선
유황도에 수감된 너희들이 어떻게 지금과 같은 무공을 익
힐 수 있었던 건지……."

그는 두 눈을 반짝이며 재촉했다.

"대체 어떻게 무공을 익혔냐?"

육태강이 말했다.

"사부에게 배웠다."

"사부……?"

사미륵의 두 눈이 한결 빛을 발했다.

"누군데 그 사부가?"

육태강이 잠시 뜸을 들이다가 대답했다.

"그건 나중에 다시 이야기하기로 하지. 그보다 급한 문제가 생긴 것 같으니까."

사미륵은 대체 밑도 끝도 없이 무슨 말인가 싶어서 어리둥절한 표정으로 육태강에게 시선을 주다가 일순 오만상을 찌푸렸다. 그도 그제야 보았다.

눈앞에 펼쳐진 드넓은 초원의 저편에서 희뿌연 먼지 구름이 치솟고 있었다. 적어도 백 기 혹은 그 이상의 기마가 달려오며 만들어 내는 먼지구름이었다.

육태강이 물었다.

"마적인가?"

사미륵은 통명스럽게 대꾸했다.

"그걸 내가 어찌 알아?"

그러곤 입맛을 다시며 덧붙였다.

"하지만 그럴 확률이 높긴 하지."

사실 먼지 구름을 일으키며 다가오는 인마 떼의 정체를 묻는 육태강의 질문은 사미륵을 향한 것이 아니었다. 알고 보니 다른 사람을 향해 던져진 모양이었다. 사미륵의 답변과 부연이 끝나기 무섭게 바로 그 사람의 대답이 들려왔다.

"혈랑대(血狼隊)라는 마적단입니다."

환사의 목소리였다.

사방이 탁 트인 초원이라 마땅히 은신할 만한 곳이 보이지 않는데 모습은 보이지 않고 목소리만 전음을 통해 들려오고 있었다.

육태강이 물었다.

"신경을 써야 하는 존재들인가?"

환사가 대답했다.

"아닙니다. 여기 청해성에는 대소 오십여 개의 마적단이 있습니다만, 사실은 그들 대부분이 소규모 유목민들의 연합에 불과합니다. 이를테면 본업이 아니라 부업이고, 그게 아니면 마적단을 막기 위해서 어쩔 수 없이 마적단이 된 경우들이지요. 저들 혈랑대는 전자의 경우입니다. 여기 시달목분지를 거점으로 생활하는 다섯 개 부족의 연합인데, 추수가 시원찮으면 종종 저렇게 칼을 들고 나서서 여행객을 텁니다. 대충 겁을 주면 조용히 물러날 테니 신경 쓰지 않으셔도 됩니다."

사미륵은 내심 적잖게 감탄했다.

그는 사실 앞서 육태강의 질문에 퉁명스럽게 대꾸한 것과 달리 이미 그와 같은 내용을 알고 있었다. 그저 육태강의 대응이 궁금해서 모르는 척했을 뿐이었다.

내심 대단한 식견이라고 생각한 그는 본능적으로 환사를 찾았다. 하지만 환사의 은신술은 너무도 신묘해서 그의 능력으로도 정확한 위치를 찾아낼 수가 없었다. 불쾌한 일이었다.

육태강이 그때 불쑥 그를 보며 물었다.

"맞나?"

본의 아니게 자존심이 상해서 인상을 쓰고 있던 사미륵은 내심 찔끔했다. 육태강의 질문이 무슨 뜻인지 알기 때문이었다.

앞서 그가 혈랑대에 대해 알면서도 일부러 정확한 답변을 주지 않았다는 것을 육태강은 이미 짐작하고 있었던 것이다.

사미륵은 애써 표정 관리를 하며 말을 받았다.

"대단한 식견이군. 정말 감탄했어. 다만 한 가지, 혈랑대의 대주인 허원고(許原高)와 그의 수족이랄 수 있는 반양(反陽), 반호(反浩) 형제는 이곳 출신이 아니고, 또한 대충 겁을 주면 조용히 물러날 정도로 만만한 성격들이 아니야. 한 가락 하거든, 그들 세 사람은.”

솔직한 말이었다. 어차피 드러났다면 더 이상 감출 이유가 없다는 판단이었다.

육태강이 중얼거렸다.

“그런가?”

딱히 질문처럼 들리지 않을 정도로 낮게 읊조린 이 말에 환사가 대답했다.

“허원고는 과거 무림 백대고수에 이름을 올린 적이 있었던 전대의 흑도고수 귀조(鬼爪) 허문도(許文濤)의 서자이고, 반양과 반호는 연전에 산동의 녹림 산채인 적성채(赤城砦)에서 부채주 노릇을 하던 흑도 고수들입니다.”

육태강이 물었다.

“그들이 장성을 넘은 이유는?”

“허원고는 가전비급인 귀조의 무공서를 갈취하는 도중에 형인 허원량(許元良)을 죽여서이고, 반양과 반호는 채주의 여자를 겁탈한 김에 반역을 꿈꾸다 실패하고 도주해 왔습니다. 그들이 어디서부터 뜻이 맞아서 함께했는지는 정확히 파악하지 못했습니다만, 이쪽으로 온 지 대략 반년 남짓 된 것으로 알고 있습니다.”

“아무려나 죽어도 좋을 쓰레기들이라는 소리군그래.”

“만약을 위해서도 죽이는 것이 좋을 인간들입니다.”

“그럼 죽여.”

“제가 처리하지요.”

환사의 설명과 답변 이후, 너무도 단순명쾌해서 천박하게까지 느껴지는 육태강의 살인 지령을 듣고 나선 사람은 일행들 중에서 가장 살집이 있는 대신에 가장 촌사람처럼 생긴 사내 백무인이었다.

사미륵은 그야말로 ‘어어’ 하는 사이에 진행되는 눈앞의 상황에 당황해서 잠시 멍청히 서 있다가 백무인이 전면으로 나서는 것을 보고서야 서둘러 정신을 추스르며 나섰다.

“잠깐잠깐!”

육태강의 무심한 시선이 그에게 고정되었다. 그만이 아니라 전면으로 나선 백무인을 비롯한 일행 모두의 시선이 그에게 집중되고 있었다.

사미륵은 애써 주변의 시선을 무시하며 말했다.

“그들을 죽이겠다고? 이 친구 혼자서? 허원고가 귀조의 무공을 대성한 상태고 반양과 반호가 부채주로 있던 적성채가 녹림십팔채의 하나라는 것은 알고서 이러는 거야?”

육태강이 무심히 물었다.

“그래서 뭐가 문제지?”

사미륵은 일순 말문이 막혔다. 문제를 이미 밝혔는데도

무엇이 문제냐고 묻고 있으니 뭐라고 할 말이 없었다.

그걸 아는지 모르는지, 육태강이 예의 무감동한 목소리로 거듭 물었다.

"저들을 죽이는 것이 문제라는 거야, 아니면 이 아이 혼자 나서는 것이 문제라는 거야?"

사미륵은 답변에 앞서 마음을 냉정하게 가라앉히며 육태강과 백무인을 보고 다시 일행들의 면면을 확인했다.

지금까지와 마찬가지로 육태강의 얼굴에서는 아무런 감정도 읽을 수 없었다.

대신 백무인을 비롯한 다른 일행들의 얼굴에 떠오른 감정의 변화는 어느 정도 읽어 낼 수 있었다. 그들은 하나같이 어리둥절해하고 있었다. 지금 그가 왜 막고 나선 것인지 전혀 모르겠다는 표정들이었다. 앞선 그의 설명을 전혀 이해하지 못하고 있는 것이 분명해 보였다.

'모를 수도 있지.'

사미륵은 그렇게 판단했다.

철들기 전부터 세상과 격리되어 생활한 사람들이 아닌가. 무림백대고수의 하나가 어느 정도의 실력자이고, 녹림 십팔채의 하나인 산채에서 부채주가 되려면 어느 정도의 실력을 갖추어야 하는지 모르는 것이 어쩌면 당연한 일이었다.

그는 새삼 이해할 수 있다는 눈길로 육태강과 백무인 등을 훑어보며 차분히 말했다.

"혹시나 해서 묻는 건데, 무림백대고수가 어느 정도의 실력인지는 알고 있나?"

육태강은 대답 대신 백무인과 묘한 눈길을 교환했다. 마침 그의 말을 들은 백무인도 육태강에게 시선을 주고 있었던 것이다.

사미륵은 눈썹을 찌푸렸다. 육태강을 외면하며 그를 바라보는 백무인의 얼굴에서 불쾌하게 느껴지는 감정을 읽었기 때문이다.

백무인은 '고작 그거?' 혹은 '누굴 바보로 아나?' 라는 따위의 눈치가 엿보이는 표정을 짓고서 그를 바라보고 있었다.

아니나 다를까, 표정과 딱 떨어지는 말이 그 입에서 뱉어졌다.

"그러는 너는 내 실력이 어느 정도인지는 알고 있냐?"

사미륵은 적잖게 불쾌했다.

질문의 내용은 차치하고 다짜고짜 반말이라 감정이 상하지 않을 수 없었다. 뻔히 지켜보고 있으면서도 수수방관하고 있는 육태강의 태도가 눈에 거슬려서 더욱 그랬다.

그러나 그는 이내 자신의 실태를 깨달으며 마음을 고쳐

먹었다.

　사실 그는 반말을 하고 또 듣는 것에 익숙한 사람이었다. 상대가 누구라도 대수롭지 않게 반말하는 것이 익숙한 것처럼 다른 누가 자기에게 반말하는 것도 자연스럽게 받아들이는 사람이 그였다.

　비록 대당가의 지위에 오르면서부터 사정이 조금 달라졌지만, 그전에 그는 늘 그렇게 생활했었다.

　그는 적어도 나는 하면서 너는 하지 마라는 식의 고리타분한 사고방식을 가진 사람이 아니었다.

　그런 면에서 볼 때, 조금 전 그가 백무인의 반말을 듣고 문득 감정이 상했던 것이 오히려 이상한 일이었다. 아마도 근자에 들어서 그에게 반말을 하는 사람이 없었기 때문일 것이다. 또한 백무인이 육태강의 수하이기 때문이기도 할 것이다.

　은연중에 동격으로 생각하던 사람의 수하가 갑자기 반말을 하니 순간적으로 감정이 상한 모양이었다.

　하지만 그건 아니었다.

　그가 백무인의 상관인 육태강에게 반말을 하는 입장이라고 해서 육태강의 수하가 그에게 존칭을 써야 한다는 법은 없는 것이다.

　사미륵은 한결 차분해진 눈길로 백무인을 보았다. 한순

간 그의 눈앞으로, 앞서 총장령 손영을 제압하던 백무인의 모습이 스쳐 지나갔다.

압도적인 무위였다. 그렇지만 상대는 강호의 무인이 아니라 일개 군장이었다. 어쨌건, 상대가 누구였는지를 떠나서 일전의 활약을 한 번 본 것만으로 백무인의 실력을 안다고는 말할 수 없었다.

그는 솔직하게 대답했다.

"물론 모르지."

그리곤 곧바로 덧붙여 말했다.

"하지만 저들에 대해서는 잘 알고 있다. 특히 허원고에 대해서는 꽤나 정통하지. 저자는……."

"역시 알면서도 입을 닫고 있었군."

백무인이 대뜸 말을 자르며 물었다.

"왜 그랬지?"

사미륵은 난데없는 다그침에 당황스럽기도 하고 화도 나서 마땅히 대답할 말이 떠오르지 않았다.

"과연 내가 어떻게 대응하나 궁금했겠지."

육태강이었다.

그가 언제나처럼 시선도 주지 않은 채 예의 무감동한 어조로 중얼거린 것이었다. 사미륵은 정확한 지적에 내심 뜨끔해서 표정을 관리했다.

그런 그를 일별하며, 육태강이 다시 말했다.

"그럼 구경해. 그리고 앞으로의 행동에 참고해. 우리에 대해서는 잘 몰라도 저들에 대해서는 잘 알고 있다고 했으니까 앞으로 좋은 잣대가 될 테지."

사미륵은 복잡한 감정에 휩싸인 채 침묵을 지켰다. 그 모습을 바라보던 백무인이 히죽 웃고는 이내 언제 웃었냐는 듯 정색하며 신형을 돌렸다. 그리고 성큼 앞으로 나서기 시작했다.

육태강의 말은 사미륵에게는 설명이었으나 백무인에겐 명령과도 같았다. 혈랑대의 무리가 어느새 그들의 전면에 도착해 있었기 때문이다.

대략 백여 기의 인마 떼, 그 선두에는 반양과 반호를 뒤에 거느린 사나운 인상의 허원고가 야릇한 미소를 지으며 그들을 바라보고 있었다. 마치 먹음직스러운 먹이를 바라보는 굶주린 야수처럼.

사미륵은 말려야 한다고 생각했다. 허원고는 그로서도 쉬운 상대가 아니었다. 막상 싸우면 진다고는 생각한 적이 없지만, 적어도 쉽게 이길 수 있는 상대라고도 생각한 적이 없었다.

뿐만 아니라, 다른 무엇보다도 그는 허원고와 안면이 있었다. 그가 원한 것은 아니나, 지난날 우연찮은 기회로 청

해의 마적단과 몇 차례 교류를 가졌고 그 속에는 혈랑대도
포함되어 있었던 터라, 그가 나선다면 굳이 피를 보지 않고
도 상황을 원만하게 해결할 수 있었다. 그가 중원행의 진
로를 거리낌 없이 이곳 청해로 바꾼 것도 그런 이유가 어느
정도는 작용했던 것이다.

그러나 이미 늦었다. 사미륵이 나설 사이도 없이 상황이
벌어졌다.

육태강의 명령을 듣고 나선 백무인의 행동은 그처럼 빠
르고 단호했다.

"허원고?"

백무인이 빠른 걸음으로 허원고에게 다가가며 묻고 있었
다. 막 말에서 내린 허원고가 미간을 찌푸리며 백무인을 바
라보다가 대답했다.

"그런데?"

허원고는 다가오는 백무인에게서 쉽게 대할 수 없는 무
언가를 느낀 것 같았다. 그렇지 않다면 거칠기가 야수와 같
다고 알려진 그가 처음 보는 사람의 입에서 밑도 끝도 없이
뱉어진 반말을 듣고도 그처럼 고분고분 대답할 리 만무한
일이었다.

"나를 아나?"

아무래도 수상쩍었는지 허원고가 물었다. 그러나 백무인

은 더는 대화할 생각이 없는 모양이었다.

"됐어. 더 이상 말하지 않아도."

백무인은 귀찮다는 듯 투덜거리고는 대뜸 칼을 뽑으며 달려들었다.

"뭐, 뭐야, 이거……?"

허원고는 적잖게 당황한 모습이었다. 그의 뒤를 받치고 있던 험악한 인상의 두 사내, 반양과 반호도, 그리고 그 뒤에 늘어선 혈랑대의 사내들도 하나같이 같은 표정이었다.

그렇지만 혼잡스런 그들의 당황스러움이 분노로 바뀌는 데 걸린 시간은 그리 길지 않았다. 당연하게도 허원고의 반응이 특히 더욱 그랬다.

하다못해 뒷골목 건달이 싸움을 해도 통성명을 하고 시비를 가리며 어깨를 재는 것이 그들 흑도의 암묵적인 법도인 것이다.

"어디서 이런 개잡종이……!"

극도로 분노한 허원고는 소리가 나도록 이를 갈아붙이며 본능적으로 치켜든 두 손으로 사납게 전면을 할퀴었다. 귀조라 불리며 한때 무림일절로 평가받고 조법에 관한 한 무림에서 열 손가락 안에 꼽힌다고 알려진 허원량의 응사조법(鷹蛇爪法)이 달려들던 백무인을 향해 펼쳐진 것인데, 빨랐다. 그리고 예리했다.

찰나지간 어지간한 사람도 시선으로 따라갈 수 없을 정
도로 빠르게 휘두른 강조(鋼爪)가, 즉 손가락에 끼우는 강
철 손톱이 더도 덜도 아니게 정확히 쇄도하던 백무인의 목
젖을 갈라 버릴 것 같은 순간을 연출하고 있었다.

그러나 정작 갈라진 것은 백무인의 목이 아니라 허원고
의 목이었다.

허원고의 강조가 백무인의 목젖에 닿았다고 느껴지는 순
간에 백무인의 모습이 사라졌다가 강조가 지나간 다음에
다시 나타났다.

백무인이 사람들로 하여금 그런 착각이 들 정도로 빠르
게 그 순간에 자세를 낮추었다가 다시 일어났던 것이다.

다음 순간 그의 손에 들린 칼이 안에서 밖으로 돌아갔다.
반월형 섬광이 번뜩이며 그 섬광 위로 허원고의 머리가 올
려졌다.

비명도 없이 허원고의 머리가 공중으로 떴다. 분수 같은
피가 뒤늦게 허공으로 치솟아 올랐다. 그리고 다시 섬광,
또다시 하늘로 치솟는 피 분수가 있었다.

허원고의 죽음을 보며 두 눈을 부릅뜨고 있던 반양과 반
호 형제의 머리가 눈 깜짝할 사이에 다시 휘둘러진 백무인
의 칼질에 떨어져 나간 것이다.

허원고와 반양, 반호의 목숨은 그렇게 한 호흡도 되지 않

은 순간에 끊어져 버렸다.

거무튀튀한 강조의 느낌은 검게 그을린 바늘처럼 절로 인상이 찌푸려질 정도로 거부감이 들었다.

하지만 그건 잠시였고 그 강조가 찰나지간 흔들리고 이동하며 그리는 검은 기류의 선과, 그 선이 연결돼서 만들어진 하나의 그림은 지켜보던 사미륵으로 하여금 절로 두 눈을 크게 뜨도록 만드는 힘이 있었다.

잔인하도록 냉정하고, 무섭도록 파괴적인 힘이었다. 어쩌면 그가 허원고의 응사조법이 천하십대조법의 하나라는 것을 이미 알고 있기 때문에 그렇게 느꼈는지도 모르는 일이었다. 하지만 적어도 그는 그 정도는 능히 간파해 낼 수 있을 정도의 눈을 가진 고수이기도 했다.

그에 반해 백무인의 공격은?

백무인의 공격은 우습도록 단순하고 놀랍도록 투박했다. 마치 막나가는 뒷골목 건달의 싸움처럼 그저 사납게 다가가서 상대가 공격하니 대충 피하고 반격한다는 식의 칼질이었다. 어떻게 봐도 고수답지 않고, 어디를 봐도 고수라는 느낌이 없었다.

그러나 결과는 예상 밖이었다.

백무인은 저돌적으로 달려들면서도 허원고가 휘두른 강조를 너무도 간단하게 피했다. 그리고 한 번의 칼질로 모든 상황을 끝내 버렸다.

응사조법이 천하십대조법이라는 말이 무색할 정도로 속절없이 무력화되고, 반듯하게 잘린 허원고의 머리가 공중으로 떠오름과 동시에 당황하던 반양과 반호의 목이 잘려 나간 것이 고작 한 번의 칼질에 이루어진 것이다.

중인들의 시야에 붉은 피가 들어왔을 때, 백무인은 벌써 칼을 허공에 휘둘러서 피를 떨쳐 내고 있었다.

죽음과도 같은 침묵이 장내에 내려앉았다. 모두가 돌처럼 굳어 있어서 시간이 정지한 것 같은 느낌이었다.

그리고 사미륵은 무의식중에 침을 삼켰다. 온몸에 전율이 감돌아서 다른 사람들과 마찬가지로 굳어 있던 그는 그때서야 정신을 추스르며 나직이 부르짖었다.

"삼절마도(三絶魔刀)!"

과거 그런 도법이 있었다. 상대의 품으로 뛰어들어서 사각을 만들고, 베고 찌르고 치는, 단순한 대신 빠른 도결만으로 상대를 제압하는 도법이었다.

가장 가까운 곳에서 가하는 공격이기에 가장 강하고 치명적일 수밖에 없는 이 도법, 삼절마도는 한때 천하십대도법의 반열에 오른 적도 있었다.

그러나 어쩔 수 없이 내 목숨을 걸고 상대의 목숨을 취해야 하는 도결의 특성 때문에 사도로 평가받으며 끝내 강호

십대금기공(江湖十大禁忌功)으로까지 추락하는 비운을 맞이한 도법이기도 했다.

장담할 수는 없지만 사미륵은 앞서 다짜고짜 허원고의 품으로, 바로 사각으로 뛰어드는 저돌적인 백무인의 모습과 단순하지만 그래서 그 결과를 더욱 놀랍게 만드는 칼질을 보는 순간, 본능적으로 삼절마도라는 이름이 떠올랐다. 그도 칼을 쓰는 무인으로서 본 적은 없지만 들은 적은 많았던 것이다.

사미륵은 백무인을 보았다.

백무인은 피를 떨쳐 낸 칼을 지면으로 향한 채 어찌할 바를 모르고 굳어 있는 혈랑대의 사내들을 훑어보고 있었다.

사미륵은 다시 고개를 돌려서 육태강을 바라보았다.

백무인에게서 얻지 못한 답변을 육태강에게서 얻으려는 노력이었다.

육태강은 놀라거나 당황한 표정은 아니었으나 언제나처럼 무표정한 얼굴로 서 있었다. 사미륵은 육태강에게서 무언가 답을 구하려 했던 자기가 어리석었다는 것을 절감하면서 고개를 절레절레 흔들었다.

그때 육태강이 지나가는 말처럼 중얼거렸다.

"그냥 다 죽일까, 아니면 네가 나설래?"

제팔장

사미륵은 처음엔 이 말이 무슨 뜻인지 몰랐다. 그에게 하는 말인지도 몰랐다. 그러다가 이내 그에게 한 말이고 또 무슨 뜻인지 깨닫고는 안색을 바꾸었다.

육태강은 그에게 선택을 요구하고 있었다. 그가 나서지 않으면 혈랑대의 사내 모두를 죽일 수밖에 없다고 위협하면서.

사미륵은 복잡한 감정이 얼룩진 눈길로 육태강을 노려보았다. 육태강은 여전히 그를 보고 있지 않았다.

사미륵은 은근히 부아가 치밀어 올랐다. 육태강의 무심한 태도가 마치 '너는 당연히 나설 수밖에 없다' 라는 무언의 항변처럼 느껴졌기 때문이다.

사미륵은 무작정 반감이 생겨서 나서고 싶지 않았다. 그럼에도 불구하고 그는 나설 수밖에 없었다. 그는 그런 사람이었다.

육태강을 차갑게 지나친 사미륵은 병기는 뽑아 들었으나 이러지도 저러지도 못하는 상태로 굳어서 눈치만 보고 있던 혈랑대의 사내들 앞으로 나서며 말했다.

"내가 누군지 알겠지?"

전면에 서 있던 혈랑대의 사내들 몇몇이 말없이 고개를 끄덕였다. 고개를 끄덕거리지는 않았으나 나머지도 모르는 눈치는 아니었다.

사미륵은 그들 모두를 훑어보며 단호하게 말했다.

"여러 말 하지 않겠다. 허원고와 반양, 반호는 어차피 외지인들이고, 형제가 아닌 주인으로서 너희들 위에 군림했다는 것을 알고 있다. 그러니 그들의 복수는 잊고 돌아가라. 그리고 여기서 만난 우리들도 잊어라. 그럼 향후 광풍사는 너희들을 형제로 대우하겠다."

비교적 기세가 남다른 혈랑대의 사내 하나가 나서며 말했다.

"그 말을 믿어도 되겠소?"

사미륵은 가만히 사내를 바라보다가 되물었다.

"너는 어디의 누구냐?"

사내가 대답했다.

"갈르족의 다랜모르요."

가늘어졌던 사미륵의 두 눈이 정상으로 돌아왔다.

"전대 혈랑대주인 다랜로살의 셋째 아들?"

사내가 두 눈을 크게 떴다.

"아버지를 아시오?"

"전에 만났을 때 다랜로살에게 들었지. 일곱 명의 아들을 두었지만 그중에서 혈랑대의 대주 자리를 물려줄 아들은 하나뿐이라고. 그가 바로 여우처럼 영리하고 황소처럼 힘이 센 셋째인 다랜모르라고."

사미륵은 미소를 지으며 사내, 다랜모르를 직시했다.

"이제 보니 허원고는 어차피 오래 살 운명이 아니었군. 갈르족의 아들이 불공대천지수를 잊고 살 리는 만무하니까 말이야."

다랜모르가 어떤 경로를 통해서 허원고의 수하가 되어 있는지는 모르겠으나, 허원고가 다랜모르의 아비인 다랜로살을 죽이고 혈랑대를 차지했다는 사실은 익히 잘 알고 있기에 하는 말이었다.

다랜모르는 긍정도 부정도 하지 않고 그저 사미륵을 바라만 보고 있다가 말했다.

“내가 듣고 싶은 말은 그게 아니오.”

사미륵은 정색하며 힘주어 말했다.

“광풍사의 대당가로서 약속한다.”

다랜모르가 고개를 저었다.

“그보다는 타타르의 고고매로서 약속해 주시오. 광풍사의 대당가는 언제든지 바뀔 수 있지만 타타르의 고고매는 바람이 바위를 녹이는 시간이 지나도 절대 바뀌지 않을 테니까.”

사미륵은 본능적으로 고개를 돌려서 육태강 등의 눈치를 살폈다. 다랜모르의 말은 그가 드러내고 싶지 않은 사실을 내포하고 있었기 때문이다.

육태강 등은 별다른 기색의 변화가 없었다. 다행이었다. 다랜모르의 목소리가 그리 크지 않아서 제대로 듣지 못한 모양이었다.

사미륵은 그제야 안심하며 다랜모르를 매섭게 쏘아보았다. 그렇지만 그것뿐 화를 표출할 수는 없었다.

그는 나직이, 하지만 더없이 단호하게 말했다.

“약속한다. 타타르의 고고매로서!”

다랜모르가 한쪽 주먹을 수평으로 들어서 가슴을 치며 고개를 숙였다. 상대에게 경의를 표하는 그들 부족 특유의 인사였다.

"감사하오!"

그리고 고개를 들며 의미심장하게 다시 말했다.

"내 체면을 지켜 주어서 고맙소."

사미륵은 그저 외면했다. 그렇지만 다랜모르는 불편한 기색 하나 없이 이제는 더 이상의 용무가 없다는 듯 돌아서서 말에 올랐고, 조용히 말머리를 돌리며 박차를 가했다. 다른 혈랑대의 사내들도 일사분란하게 그 뒤를 따라서 말을 몰았다.

사미륵이 멀어지는 혈랑대의 모습을 바라보고 있는 사이, 육태강이 조용히 다가와서 말을 건넸다.

"대단한 위세군."

육태강이 그러는 것처럼 사미륵도 육태강에게 시선을 주지 않고 말을 받았다.

"이 정도 가지고 놀라지 마. 광풍사의 주인을 우습게 보는 것 같아서 기분 상하니까."

"그러지."

육태강이 대수롭지 않게 인정하며 말했다.

"근데 어때? 나나 내 수하들을 평가하는 데 도움은 된 것 같나?"

"딱히 안내자가 필요한 것 같지 않던걸. 이미 다 알고 있잖아. 어떤 부분에 대해서는 나보다도 더 많이 알고 있는 것 같고 말이야.”

사미륵의 목소리에는 불쾌한 감정이 담겨 있었다. 솔직한 심정이었고, 말이었다. 그는 몹시도 불쾌해하고 있었다.

그의 말마따나 아무리 생각해 봐도 안내자가 필요할 것 같지 않아서 그야말로 놀림감이 되어 버린 것 같은 기분이었다.

“다는 아니야.”

육태강이 불쑥 말문을 열었다.

“오랫동안 계획하고 준비했다. 유황도를 벗어나서 중원으로 들어가는 것을. 덕분에 유황도 주변의 상황에 대해서는 꽤나 아는 것이 많아. 하지만 중원까진 무리야. 그 정도의 여유는 없었거든.”

사미륵은 육태강의 말을 믿어야 할지 믿지 말아야 할지 잠시 고민했다. 그러다가 자신의 실태를 깨달으며 내심 쓰게 웃었다.

육태강의 말이 거짓이라고 생각하기보다는 거짓이 아닐지도 모른다는 생각을 하고 있는 자신을 발견했기 때문이다.

‘그럼 남아야지.’

사미륵은 즉시 담백하게 결정해 버리고는 육태강을 향해 말했다.

"좋아, 믿어 주기로 하지."

육태강이 알았다는 듯 묵묵히 고개를 끄덕이다가 불쑥 입을 열었다.

"그래도 더는 나를 시험하지 마."

그는 사미륵의 안색이 다시금 서서히 굳어지는 것도 모른 채 돌아서서 태연히 마상에 오르며 덧붙여 말했다.

"나는 항상 예외를 노리는 성격이거든. 그것도 남들이 상상하지 못할 정도의 예외를."

사미륵은 가만히 육태강을 노려보고 있다가 문득 안색을 바꾸었다. 왠지 모르게 무시당한 것 같아서 화는 나지만 그보다 더 중요한 것이 뇌리에 떠올랐기 때문이다.

사미륵은 허겁지겁 말에 올라서 육태강과 말머리를 나란히 했다. 그리고 몽조보가 서둘러 말을 몰아서 곁으로 다가오자 인상을 써서 단박에 저 멀리 일행의 후미로 보내 버리고는, 웃는 낯으로 육태강을 보며 말했다.

"물론 그래야지. 그럴 작정이야. 그럼 이제 우리 하던 이야기를 계속해 볼까?"

그는 두 눈을 유성처럼 빛내며 재우쳐 물었다.

"그래서 사부가 누구야?"

육태강이 대답 대신 발로 가볍게 말 허리를 차서 앞으로 나갔다.

사미륵은 대수롭지 않다는 듯 같은 방법으로 말을 몰아서 육태강의 곁에 붙었다. 입을 열어서 뭐라고 말은 하지 않았으나 육태강의 대답을 강요하는 것은 그것만으로 충분할 터였다.

육태강은 한참을 더 침묵한 상태로 말을 몰다가 한순간 말문을 열었다.

"성(姓)은 복성(復姓)으로 종리(鐘離), 명(名)은 천(擅), 자(字)는 태선(泰仙)이고, 호(號)는 무성(武星), 사람들이 유일무이의 대장군으로 칭하는 분이시다."

사미륵은 두 눈을 크게 부릅떴다.

"거짓말!"

대장군 종리천은 사천혈사가 벌어졌던 그해 말에 북경성 서문 밖 소오태산(小五台山)을 배경으로 자리 잡은 자택에서 죽었다. 당시 그의 나이 일흔둘이었고, 사천혈사가 벌어진 지 정확히 두 달 만의 사건이었다.

사인은 타살이었다. 자택의 서재에서 새벽녘까지 글을 읽던 중에 정체를 알 수 없는 자객의 칼에 맞아 사망했다는 것이 공식적인 관부의 보고였다.

처음엔 종리천을 아는 사람들 모두가 코웃음을 쳤다. 대장군 종리천이 자객의 칼에 죽었다니, 지나가던 개도 웃을 일이라고 했다.

일리가 있는 말이었다.

그는 대장군이기 이전에 무인이었다. 그것도 대내 무반을 포함한 군부 최고의 무인으로 평가받는 고수가 바로 그였다. 무성이라는 그의 호는 단지 듣기 좋으라고 붙은 것이 아닌 것이다.

일각에서는 종리천의 나이가 일흔이 넘었으니 쇠락해진 몸이라 자객에게 당할 수도 있지 않느냐는 말도 있었다.

하지만 그건 무인의 세계를 모르는 무지한들의 헛소리에 불과했다.

보통 체력적으로 가장 왕성한 인생의 절정기가 서른 전후이고 그 후론 약해지는 것이 사람이라고 말하지만, 그건 앞서 밝혔듯 보통 사람의 경우가 그렇다는 소리다.

무인은 달랐다. 내가기공, 즉 내공을 쌓은 무인은 쉰, 그리고 더 나아가서 일흔까지도 절정기로 볼 수 있었다. 그때까지는 내공의 진보가 꾸준하고 경우에 따라서는 그 이후에도 가능했다.

일흔이 넘어가면서부터 꾸준히 수련하지 않는 이상 서서히 내공이 퇴보하는 게 일반적이긴 하지만, 성실과 근면으로 똘똘 뭉친 그가 평소 수련을 게을리 하지는 않았을 테니 당시의 그는 무인으로서 그야말로 절정기를 구가하고 있었다는 결론이었다.

과연 그런 그를 천하의 어떤 자객이 해할 수 있었을 것인
가.

그러나 얼마 지나지 않아서 종리천이 정말로 자객의 칼
에 죽었을지도 모른다는 의견이 나왔다. 그리고 그 의견은
이내 지배적으로 바뀌었다.

종리천의 당시 상황 때문이었다.

당시 종리천은 난을 평정한 공로로 황제에게 막대한 황
금과 호화로운 저택을 하사받아 명예롭게 퇴진해서, 황제
가 하사한 바로 그 저택에서 평소 좋아하던 글을 벗 삼아
안락한 나날을 보내고 있었다.

그렇지만 그건 어디까지나 겉보기일 뿐, 실제 그의 상황
은 전혀 그렇지가 않았다.

현직에서 물러나기 이전부터 그가 줄곧 감시와 통제 속
에 감금 아닌 감금 생활을 했다는 것은 그를 아는 사람이라
면 누구 하나 모르지 않는 사실이었다.

이유는 간단했다. 그가 너무 뛰어났다.

너무 뛰어나면 시기를 부르는 것이 인지상정. 안타깝게
도 그를 시기하는 자들은 한둘이 아니었고, 슬프게도 그 속
에는 당금 황제도 포함되어 있었다.

민심의 영향이었다.

오랜 폭정에 시달린 백성들은 황제보다도 그를 더 믿고

따르며 의지했다. 세간에 열 황제도 그와 바꾸지 않는다는 소문이 나돌 정도였다.

황제는 그런 세간의 상황이 싫었고 그래서 그가 곁에 있는 것도 내키지 않았지만 시야에서 멀어지는 것 또한 달갑게 생각하지 않았다.

그런 황제의 가슴에 기름을 끼얹어서 불길을 크게 키운 사람이 있었다. 황제와 비할 바 없이 그를 질시하던 사람, 환관조직인 사례감의 태감인 왕진이 바로 그였다.

민심은 곧 천심!

왕진이 상서에 적은 이 한마디는 가뜩이나 흔들리던 황제의 마음을 들끓게 하기에 충분했다. 현직에서 물러난 다음에도 계속된 종리천에 대한 감시와 통제는 그렇게 시작된 것이었다.

과연 그런 상황의 그가, 대장군이기 이전에 충과 효를 지상 최대의 과제로 여기며 신과 의를 목숨보다도 더 소중하게 여기는 열사이자, 세간의 평가는 물론 황제의 마음 역시도 능히 헤아릴 수 있을 정도로 현명한 지자였던 종리천이 어떤 마음이었을까.

어떤 이유에서든 회의를 느끼고 삶을 정리하고 싶지는

않았을까? 그게 비록 자객의 칼일지라도.

이것이 당시 세상에 널리 퍼졌던 세간의 평가였다. 그리고 사미륵이 우연찮은 인연으로 알게 되었던 대장군 종리천의 죽음에 대한 전말이었다.

그런데 그런 대장군 종리천의 사후 십여 년이 지난 상황에서 바로 그 종리천을 사부로 모시고 살았다는 자가 나타난 것이다.

"그, 그런 말도 안 되는 소리를……."

사미륵은 너무 기가 막히고 어이가 없어서 제대로 말도 나오지 않았다. 그는 우연찮게도 국장으로 치러진 종리천의 장례식을 직접 목도한 사람이기에 더욱 그랬다. 눈물을 뿌리며 종리천의 상여를 따르던 수만의 민초들이 아직도 그의 두 눈에 선한 것이다.

"믿어지지 않나?"

육태강이 묻고 있었다.

사미륵은 애써 정신을 추스르며 대답했다.

"당연하지. 그는 이미 죽었다고 알려진 사람이니까."

"그래, 그렇지."

육태강이 그를 외면하며 언제나처럼 전방을 주시한 상태로 말을 이어나갔다.

"그때는 사실 나도 믿어지지 않았어. 물론 너와는 조금

다른 의미로. 난데없이 원수가 눈앞에 나타나서 이게 꿈인가 생신가 했지.”

사미륵은 그제야 간과하고 있던 한 가지 사실을 깨달으며 조금 당황스러워했다.

죽었다고 생각한 종리천이 살아 있었다는 사실에 놀라서 미처 돌아보지 못했는데, 기실 육태강은 사천혈사로 인해 유황도로 수감된 사람이었다.

그렇다는 것은 당시 집안의 누군가가 반역자로 처형당했다는 뜻이니 그와 종리천은 원수지간이 되는 것이다.

그런데 곧바로 이어진 육태강의 한 마디가 그를 더욱 당황스럽게 만들었다.

“그것도 예의를 갖춘답시고 손수 내 아버지의 목을 벤 사람이 말이야.”

사미륵은 잠시 얼떨떨했다.

‘대장군 종리천이 손수 목을 벤 사람……?’

그러다가 기억이 났다. 그런 사람이 하나 있었다. 반역의 수괴였던 육태산이 바로 그였다.

자세한 내막은 모르지지만 당시 대장군 종리천이 육태산의 목을 손수 베었다는 유명한 일화는 그도 익히 들어서 알고 있었다.

그는 놀라워하며 말했다.

“네가 그럼 바로 육……."
“그만!"
육태강이 그의 말을 끊으며 말했다.
“그만둬! 뜻을 이루기전까지는 그 누구도 아버지의 이름
을 부르게 하지 않겠다고 맹세했다."
사미륵은 입을 다물고 자신도 모르게 육태강의 눈치를
보았다. 무덤덤한 목소리와 달리 육태강의 전신에서는 얼
음처럼 차가운 한기가 뿜어져서 그를 압박하고 있었다.
하지만 그것도 잠시, 그는 육태강의 기세에 움츠러든 자
신의 모습에 화가 나서 오만상을 찡그렸다.
그는 짐짓 태연하게 물었다.
“그런데 왜 그를, 원수를 사부로 모신 거지?"
육태강이 대답했다.
“그의 말이 옳아서."
사미륵은 기다렸다는 듯 되물었다.
“그가 무슨 말을 했는데?"
육태강이 잠시 여유를 두었다가 대답했다.
“그때 미친 듯이 달려들던 나를 떨쳐 내며 그가 그러더
군. 분하냐고. 억울하냐고. 그렇다면 코흘리개 아이처럼 칭
얼거리지 말고 힘부터 기르라고."
“그래서……?"

사미륵은 이해할 수 없다는 표정을 지으며 재차 물었다.

"그를, 원수를 사부로 모셨다?"

"앞서 밝혔듯이 옳은 말이었으니까. 그리고 그때 내가 아는 한 그가 가장 강한 사람이었으니까."

대수롭지 않게 대답한 육태강이 그를 일별하며 말했다.

"이상한가, 그게?"

사미륵은 뭐라고 할 말이 없었다.

이상하냐고? 당연히 이상했다. 아니, 이상한 것을 떠나서 도무지 이해할 수가 없었다.

솔직히 믿어지지가 않았다. 당시 육태강의 나이 십이 세라고 알고 있었다. 아무리 조숙하다고 해도 그렇지, 어떻게 그 나이에 그런 결정을 내릴 수 있었다는 것인가.

게다가 종리천은 대체 무슨 생각으로 그런 육태강을 제자로 맞이한 것일까.

그런 생각을 하다가 사미륵은 문득 그보다 더 궁금한 사실이 떠올랐다. 그는 나직이 물었다.

"그는 아직 살아 있나?"

육태강이 대답했다.

"그가 사부를 말하는 거라면 죽었다."

사미륵은 무의식중에 마른침을 삼키며 물었다.

"어떻게 죽었지?"

육태강이 전방에 고정되었던 시선을 돌려서 그를 보았
다. 무심하지만 왠지 모르게 감당하기 거북한 느낌을 주는
눈빛이었다.

"내가 이렇게 살아서 유황도를 나왔다. 그걸로 답이 부
족하나?"

사미륵은 한 대 맞은 표정을 지었다. 답은 부족하지 않았
다. 그는 그래도 확인하고 싶었다.

"그를 죽였나?"

육태강은 잠시 동안 가만히 그의 눈을 직시하다가 전방
으로 시선을 돌렸다. 그리고 한없이 차분한 어조로 말했다.

"죽였다. 예의를 갖추기 위해서 내가 직접 사부의 목을
베었지."

"정말?"

"내가 너에게 거짓을 고할 이유라도 있나?"

사미륵은 적잖게 충격을 먹고 할 말을 잊어버렸다. 사실
일까 아닐까 머리가 혼란스러웠다.

반신반의하는 감정이 북받쳐서 육태강의 기색을 유심히
살펴보았으나, 그가 느낄 수 있는 것은 아무것도 없었다.

육태강의 얼굴에는 이런 경우 생각할 수 있는 그 어떤 감
정도 떠올라 있지 않아서 당최 사람처럼 느껴지지 않았다.

그런 그의 마음을 아는지 모르는지, 잠시 동안 침묵한 채

말을 몰던 육태강이 예의 무덤덤한 목소리로 다시 말문을
열었다.

"그때 비로소 알게 되었다. 사람이 생각보다 약한 존재
라는 것을."

사미륵은 대체 육태강이 무엇 때문에 저런 생각을 했고
무슨 뜻으로 저런 말을 하는 것인지 도무지 이해할 수가 없
었다. 이해하고 싶은 마음도 들지 않았다. 육태강과 종리천
의 관계를 생각하는 것만으로도 그의 머리는 충분히 어지
러웠다.

그런 그에게 육태강이 문득 물었다.

"더 궁금한 것은?"

"있지만 지금은 됐어."

사미륵은 잘라 말했다.

"잠시 머리 좀 식힌 다음에 다시 묻도록 하지. 당분간은
신경 쓸 곳이 따로 있기도 하고."

말을 끝맺으며 그가 바라본 전방, 저 멀리에는 구름이 걸
린 아득한 능선이 펼쳐져 있었다. 너른 초원인 시달목분지
(柴達木盆地)를 지나기 무섭게 나타나는 거대한 산맥, 메마
른 수림과 꿈에서나 볼 수 있는 기암괴석이 전설처럼 자리
잡고 있는 아합랍달합택산(雅合拉達合澤山)이었다.

"저기를 넘어가야 하거든."

한숨과 함께 뱉어진 사미륵의 부연이었다.

청해성으로 들어선 지 보름이었다. 그들은 어느새 청해
성의 중부로 진입하고 있었다.

＊　　　＊　　　＊

청해성의 배꼽이랄 수 있는 아합랍달합택산은 높고 험악
하며 광범위해서 좀처럼 사람의 발길이 뜸한 곳이지만 신
강에서 사천으로 넘어가는 상인들은 종종 애용하는 통로이
다. 아합랍달합택산만 넘어가면 바로 코앞에 사천성의 성
경계가 보일 정도로 시간을 단축하는 지름길이기 때문이
다.

그러나 사미륵이 아합랍달합택산을 택한 것은 단지 지름
길이라서만은 아니었다.

여러 모로 어수선한 시국이었다. 태평한 시국에도 건장
한 사내들이 떼를 지어 이동하면 사람들의 시선을 끌기 마
련인데, 요즘 같은 때라면 한 치 너머 두 치마다 사달을 부
를 수밖에 없다는 것이 사미륵의 예상이었다.

육태강 일행은 그래서 사미륵의 안내에 따라 아합랍달합
택산을 넘었다.

사미륵의 예상은 한 치의 어긋남도 없었다. 그들은 아합

랍달합택산을 넘는 동안 단 한 차례도 사람들과 조우하지
않았다.

그리고 불과 칠 주야 만에 별 무리 없이 성 경계를 넘어
서 사천으로 입성했다. 아합랍달합택산은 소문처럼 높고
험악했으나 하나같이 무공으로 다져진 그들 일행에게는 별
다른 장애가 되지 못했다.

정작 장애라고 생각되는 것은 사천으로 입성한 다음 순
탄한 관도를 만난 다음부터의 일이었다.

사미륵의 예상대로 그들은 가는 곳마다 사람들의 이목을
끌었다.

어쩔 수 없는 일이었다. 사미륵과 몽조보를 포함해서 열
한 명이나 되는 육태강 일행의 인원은 누가 보아도 범상치
않게 보이는 사내들이었다. 그런 사내들이 사람들의 이목
을 끌지 않는다면 그게 오히려 이상한 일일 터였다.

처음엔 사미륵이 인원을 나누자고 제안했다. 그와 동행
한 몽조보 역시 중원 지리에 밝은 편이라 충분히 가능한 제
안이었다.

하지만 육태강은 사미륵의 제안을 수용하지 않았다. 이
유를 불문하고 함께가 아니면 안 된다는 것이 육태강의 주
장이었다.

예정도 없던 표국이 그 때문에 생겨났다.

표국의 이름은 화정표국(和靜鏢局), 국주인 육태강 예하
에 다섯 명의 표사와 네 명의 쟁자수를 둔 표국이었다.

언제나 주변에 있으면서도 눈에는 보이지 않는 환사는
제외되어서 그랬다. 그리고 그들의 표물은 우마차 한 대분
에 해당하는 청해의 특산물이며, 그들의 표행은 사천성의
서북부 끝에 자리한 도회지인 유현(柔縣)에서 출발, 호북성
의 무한에 이르는 장도였다. 그게 사미륵의 두 번째 제안이
었던 것이다.

우마차를 구하는 것은 손쉬운 일이었다. 육태강 일행에
게는 충분한 양의 금전이 있었고, 유현은 도회지라도 외진
곳이라 우마차를 제작해서 파는 철점이나 야장(冶場)이 흔
했다.

표물을 구하는 것도 그리 어렵지 않았다. 나무를 구해서
상자를 만들고 적당한 무게의 물건으로 안을 채우면 그만
이었다.

표기를 만들어 세우고 대충이나마 일행들을 표사처럼,
그리고 쟁자수처럼 꾸미는 것도 간단하게 해결되었다.

세상에는 이름이 알려지지 않은 작은 표국이 얼마든지
있고, 그들 중에는 통일된 제복을 꾸미지 않을 정도로 열악
한 곳도 허다하기 때문에 사미륵이 대충 표사들의 기본적
인 언행만 주지시키는 것으로 충분했다.

　그렇게 화정표국이 표행이 무난하게 시작되었다. 그래도 사미륵은 만약의 사태를 대비해서 번화한 도회지를 우회하는 관도를 선택해서 이동했다. 이 역시 탁월한 선택이었다.

　그들 일행이 유현에서부터 동남쪽으로 뻗은 관도를 타고 사천성을 사선으로 가로지르는 동안, 앞선 사미륵의 걱정이 그저 기우에 불과한 것처럼 아무런 문제도 발생하지 않았다.

　도중에 폭우를 만나서 우마차가 서너 번 진창에 빠졌던 것과 인적이 드문 길로만 가다 보니 어쩔 수 없이 노숙을 해야 하는 약간의 고생이 전부일 정도로 편안하고 무난한 행보였다.

　적어도 사천 성도(成都)를 우회해서 벗어나는 시점에서 '그들'을 만나기 전까지는 그랬다.

＊　　＊　　＊

　그날 사천 성도를 우회해서 동남향으로, 바로 중경과 이어진 관도는 매우 을씨년스러웠다. 성도가 워낙 번화한 곳이라서 그런지 인근으로 접어들기 전부터 꽤나 많은 사람들을 볼 수 있었는데, 어찌 된 일이지 정작 성도과 가까운 그곳에는 오가는 사람들의 모습이 뜸했다.

하지만 육태강 일행은 그런 이유 때문에 신경을 쓰거나 하지는 않았다. 마침 땅거미가 지는 저녁 무렵이라 그저 시기적으로 그런 모양이라고 생각하며 완전히 어두워지기 전에 보다 나은 노숙 장소를 찾기 위해서 발길을 서둘렀을 뿐이었다.

그러다가 발견한 것이 관도의 저편에 밝혀져 있는 횃불이었다. 자세히 보니 횃불을 등지고 서 있는 대여섯 명의 포쾌들과 신분을 알 수 없는 복장의 사내들 대여섯 명이 눈에 들어왔다.

검문검색이었다. 의문의 사내들이 포함되어 있기는 했으나 그 모습은 그간 그들이 서너 번 겪어 본 그것이었다.

"싹싹하게 굴어."

육태강에게 던진 사미륵의 말이었다. 그냥 통과하자는 뜻이기도 했다.

육태강을 비롯한 일행 모두는 그저 묵묵히 걸었다. 대답은 필요 없었다. 대답하지 않는 것이 바로 수긍의 의미였다.

사미륵의 말과 상관없이 그들도 알고 있었다. 저들은 아직 이쪽을 발견하지 못한 것 같으니 이대로 발길을 돌려도 무방하겠지만 그랬다가 괜히 발각이라도 되면 일이 더욱 복잡해질 터였다.

'그들'이 나타난 것이 그때였다.

육태강 일행이 진행하던 관도의 좌측은 실개천이 흘렀고 우측은 수풀이 우거진 구릉이었다. 그중 우측의 구릉에서 미미한 인기척이 들리는가 싶더니 순간적으로 일단의 그림자가 튀어나왔다.

일단의 그림자는 바로 다섯 명의 사내들이었다. 얼핏 이십 대로 보이는 사내들인 그들은 수풀에서 튀어나옴과 동시에 육태강 일행들 사이에 섞였고, 그중의 한 사내는 앞서 노숙 장소를 찾으려고 말에서 내린 사미륵의 목에 칼을 대고 있었다.

그야말로 사전에 연습이라도 해 둔 것처럼 일사불란하고도 기민한 행동이 아닐 수 없었다. 그것만 보고도 사내들의 정체가 범상치 않다는 것을 짐작할 수 있었는데, 그 상태에서 사미륵의 목에 칼을 대고 있던 사내가 나직하게 으르렁거렸다.

"협조만 잘하면 아무 일도 일어나지 않는다."

육태강은 말없이 사내를 보다가 이내 시선을 사미륵에게 주었다. 그는 눈빛으로 사미륵의 의견을 묻고 있었다.

사미륵이 미간을 찌푸리며 쓰게 입맛을 다셨다. 그리고 힐끗 관도 저편에 보이는 불빛을 일견하고는 가볍게 고개를 저었다.

　문제는 지금 칼로 위협하는 사내들이 아니라 관도 저편
에 자리 잡고 있는 무리라는 그의 대답이었다.

　육태강은 한 차례 고개를 끄덕이고는 사미륵을 인질로
잡은 사내를 향해 물었다.

　"무엇을 어떻게 협조하라는 거지?"

　사미륵을 위협하고 있던 사내는 다른 네 명의 사내들보
다 나이가 더 들어 보였다.

　워낙 갑작스럽게 달려든 터라 쉽게 구별하지 못했는데
자세히 보니 눈가에 짙은 주름이 잡혀 있었다. 그래서 얼추
사십 대로 보이는 인상. 뿐만 아니라 한쪽 뺨과 목 주변으
로 선명하게 도드라진 서너 개의 붉은 흉터는 사내의 굴곡
진 인생을 대변하고 있었다.

　그런 연륜에 기인해서일 것이다. 다른 사내들이 미처 느
끼지 못하는 것을 그 사내는 느끼는 모양이었다. 사내는 벌
써부터 눈살을 찌푸리며 사미륵과 육태강을 번갈아 살펴보
고 있었다.

　마땅히 겁을 먹어야 할 그들의 태도가 너무도 태연해서
이상하다는 눈치인데 그것도 잠시, 사내는 이내 두 눈을 더
욱 사악하게 빛내며 냉소를 날렸다.

　"이제 보니 마냥 하수들은 아니었군. 제법 담력이 있어.
그래, 좋다. 나쁘지 않아. 벌벌 떨다가 들킬 염려는 없을 것

같으니까. 하지만 그래서 또 문제가 될 수도 있으니⋯⋯.”

문득 말꼬리를 흐린 사내가 다짜고짜 사미륵의 목을 위협하던 칼을 가볍게 옆으로 밀었다.

너무나도 갑작스럽게 벌어진 일이었다. 사미륵이 흠칫하며 피하려 했으나 이미 늦어 버렸다. 그의 목에는 벌써 작지만 선명하게 붉은 선이 그려져 있었다.

“걱정하지 마. 그저 살짝 긁힌 것에 불과하니까. 물론 내가 주는 해독약만 먹으면.”

사내가 보란 듯이 칼을 회수하며 의미심장하게 던진 말이었다.

잠시 당황한 기색이던 사미륵은 살기 어린 눈길로 사내를 노려보았다.

“무슨 뜻이지?”

사내가 히죽거리며 대답했다.

“머리가 나쁜가? 그 말을 이해하지 못하게? 내 말 속에 담긴 의미 그대로다. 내 칼에는 독이 묻어 있고, 이제 너는 중독된 거다. 제법 지독한 독이지. 하루가 다 가기 전에 해독약을 먹지 않으면 설령 대라신선이 와도 죽을 수밖에 없는. 이제 이해했나?”

사미륵의 눈빛이 독하게 변했다.

그때 어느 틈엔가 사미륵의 곁으로 다가온 육태강이 사

내를 향해 물었다. 순간적으로 칼자루를 잡아 가던 사미륵의 손목을 잡으면서였다.

사미륵은 앞뒤 가리지 않고 사내의 목을 베어 버리려 했던 것이다.

"그래서 원하는 게 뭔데?"

"간단해. 우리도 이 표행의 일원이 되는 거다."

사내가 웃는 낯으로 답했다. 그는 방금 전 사미륵의 검에 목이 날아갔을 수도 있었다는 사실을 전혀 알지 못하고 있었기 때문에 시종일관 태연한 모습이었다.

"일원이 돼서?"

"이 일대를 벗어나면 해독약을 주지."

육태강은 가만히 사내를 바라보다가 물었다.

"해독약은 확실히 가지고 있겠지?"

사내가 히죽거리며 어깨를 으쓱했다.

"글쎄?"

사미륵이 다시금 나서려 했다. 육태강이 그런 사미륵의 손목을 잡고 물러서며 한마디 했다.

"약속 지켜라."

사내는 이번에도 역시 그저 히죽거리며 어깨를 으쓱거렸다.

육태강은 더 이상 묻지 않고 말없이 돌아서서 말고삐를

잡고 멈추었던 표행을 다시 이끌었다. 그리고 횃불 아래 무리 지은 사람들이 확연하게 눈에 들어오는 순간이 되자, 사미륵을 향해 말했다.

"싹싹하게 굴어."

사미륵이 어이없다는 눈길로 육태강을 보았다. 그러다가 실없이 웃었다. 그때, 잔뜩 화가 난 것처럼 사납게 느껴지는 목소리가 들려왔다.

"멈춰라!"

육태강은 손을 들어 행렬을 멈추었다. 그리고 은연중에 관도를 막아선 무리를 훑어보았다.

멀리서 볼 때는 대략 열 명 남짓의 인원이라고 생각했는데 사실은 그 이상이었다. 횃불을 앞세우고 나선 사람들이 그 정도 인원이었고, 관도 한편에 대여섯 명의 사내들이 더 있었다. 그중 다섯 명이 포쾌 복장, 나머지는 전부가 헐렁이는 소매를 늘어트린 장포 차림이었다.

첫눈에 무인인 것을 알 수 있을 정도로 강건해 보이는 사내들이 무인들이 즐겨 입는 무복을, 즉 기본적으로 활동을 자유롭게 하기 위해서 신축성이 가미된 재질로 일체의 치장을 배재하고 몸에 붙게 만든 복장을 입지 않은 게 이채로웠다.

그런데 그 이유가 이내 밝혀졌다. 사미륵이 그에게만 들릴 정도로 나직이 말했다.

"당문(唐門)이군."

그랬다. 다섯 명의 포쾌를 제외한 나머지는 전부가 무림 팔대세가의 하나이자 사천무림의 지주라고 할 수 있는 독과 암기의 명가인 사천당문의 사람들이었던 것이다.

그것을 대변이라도 하듯 행렬을 멈춘 육태강 등의 전면으로 나선 사람도 포쾌가 아니라 그들 중의 하나였다.

"이 사람은 당문의 바깥을 살피는 당우량(唐優樑)이라고 하오. 시절이 하도 수상하다 보니 오늘 놀랍게도 본가로 오는 물건에 손을 댄 도적들이 생겨나서 이렇듯 나서게 되었소. 부디 귀하들께서는 마냥 무례하다 마시고 적극적으로 협조해 주길 바라겠소."

과하다 싶을 정도로 소맷자락을 좌우로 크게 펄럭인 다음 두 손을 가슴에 모아서 포권의 예를 취하며 장황하게 인사말을 건네는 사람은 시커먼 귀밑머리가 턱까지 길게 늘어진 거대한 체구의 장한이었다.

아는 사람은 다 아는 사실이지만, 현 당문을 떠받치고 있다고 알려진 당가오형제 중 첫째인 당문패권(唐門霸拳) 당우량이 놀랍게도 고작 검문검색을 위해서 거리에 나와 있는 것이다.

그 당우량이 새삼 육태강 일행을 훑어보며 물었다.

“보아하니 표행인 것 같은데, 누가 책임자요?”

육태강은 앞으로 나섰다.

“본인이오.”

“그렇소?”

육태강의 무덤덤한 태도가 마음에 들지 않았는지 당우량이 보란 듯이 위아래로 훑어보며 말했다.

“미안하지만 그럼 귀하가 이제 어디 표국이며 어떤 표물을 싣고, 어디서 와서 어디로 가는 길인지 소상히 밝혀 주시오.”

정중함을 가장한 차가운 협박이었다. 조금도 미안한 태도가 아니면서 입으로는 미안하다고 말하며 묻고 있는 당우량의 두 눈에서는, 여차하면 물불 가리지 않고 독수를 펼칠 수 있다는 의도가 엿보이는 사나운 기운이 번들거리고 있었다.

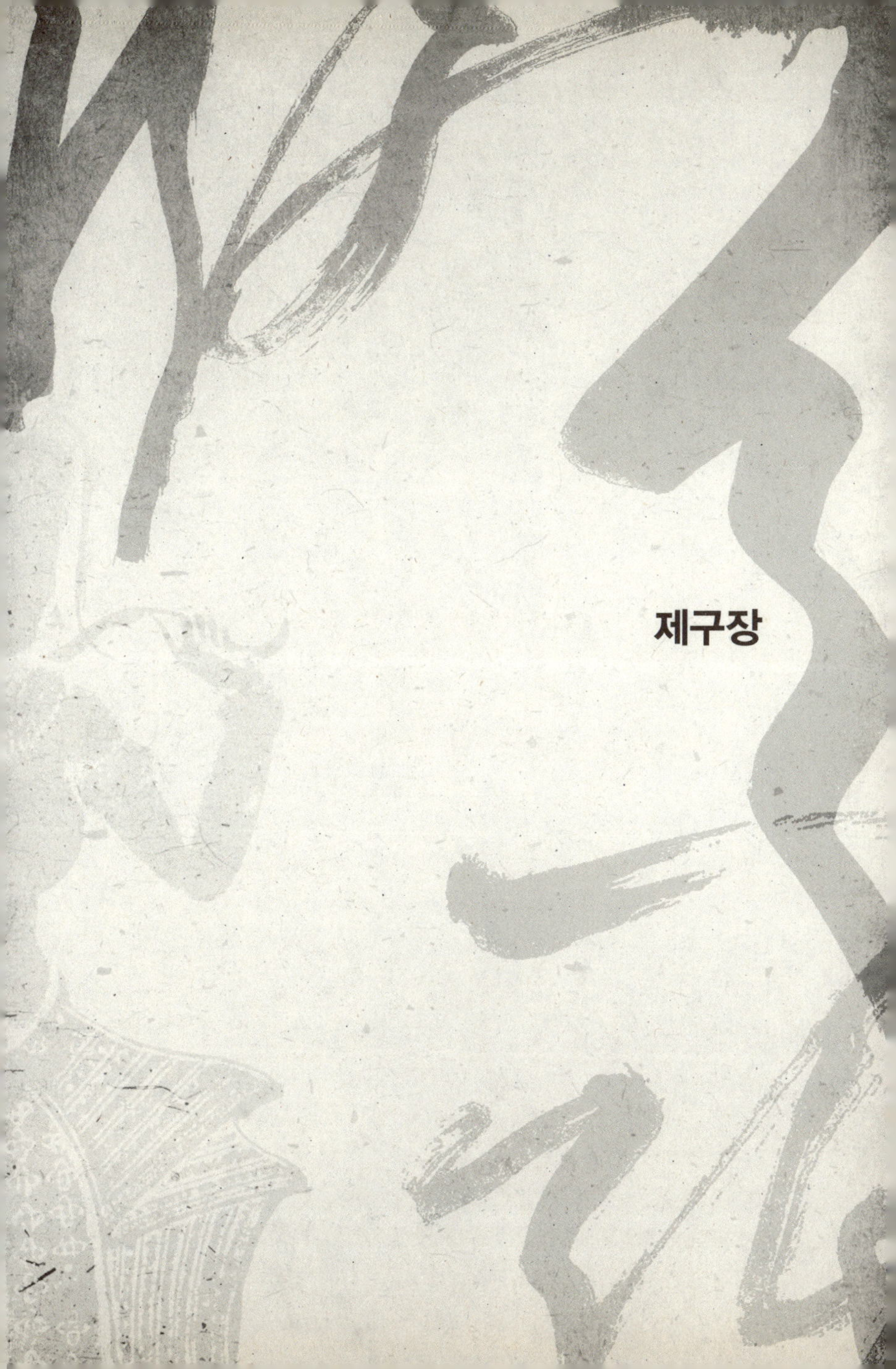

제구장

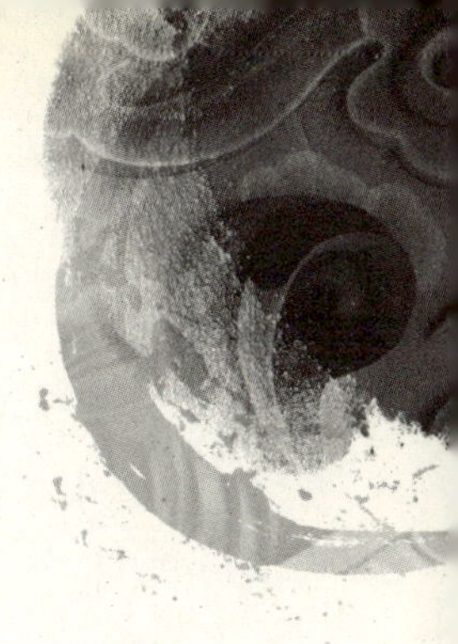

　사미륵은 우연찮게 조우한 사람들이 당씨 일족이라는 것
에는 별다른 감흥이 없었다.

　사천에는 꽤나 성가 높은 문파들이 즐비했고 그중에는
구대문파에 속한 아미파와 청성파 같은 전통의 명문도 포
함되어 있으나, 누가 뭐래도 사천에서 가장 큰 영향력을 행
사하는 세력은 사천당문이었다.

　오랜 전통과 독과 암기로 무장한 그들 일족의 영향력은
무림은 차치하고 정관계는 물론 상계에까지 깊게 뿌리박혀
있어서, 한 치 걸러 두 치만 넘어서도 그들 당씨 일족과 관
계되지 않은 일이 없을 정도인 곳이 사천인 것이다.

그러니 사천에 들어선 사람이 그들 일족과 조우하지 않는다는 게 오히려 이상한 일이고, 그런 일은 우연이라도 절대 일어날 수 없다는 것이 애초부터 가지고 있던 그의 생각이었다.

그러나 마음가짐이 그랬던 사미륵도 상대의 정체가 당문 패권 당우량이라는 데에는 놀라고 당황스러워하지 않을 수 없었다.

현 사천당문의 실세라는 사십 대 중에서도 중핵을 이루는 고수이며 차기 문주로까지 거론되고 있는 당가 서열 십 위권의 인물이 바로 당우량임을 익히 잘 알고 있었기 때문이다.

그에 반해 육태강의 태도나 기색은 조금도 변하지 않았다. 늘 그렇듯 돌부처처럼 무심하고 무감동해서 도무지 무슨 생각을 하고 있는지 알 수가 없었다.

어쩌면 그의 태도나 표정에서 감정의 변화를 읽는다는 것은 애초부터 불가능한 일일지도 몰랐다.

그 상태로 그는 이미 감정이 상해서 미간을 찌푸리며 떨떠름하게 바라보는 당우량의 취조 아닌 취조에 대답했다.

"우리는 표행에 나선 화정표국이고, 유현에서 청해성 상인들에게 받은 특산물을 싣고 호북성 무한으로 가는 길이오. 답변이 되셨는지?"

당우량이 육태강을 비롯한 일행을 찬찬히 살펴보며 고개를 갸웃거렸다.

"화정표국이라니, 처음 듣는 이름이군."

육태강은 대수롭지 않게 말을 받았다.

"이해하오. 여기 사천에 널린 것이 우리 같은 작은 표국인데 그 이름들을 다 어찌 기억하겠소. 게다가 우리는 문을 연 지 얼마 되지 않았기도 하고."

우마차에 실린 표물과 그 주변에 서 있는 사미륵 등을 눈여겨보던 당우량의 시선이 육태강에게 돌려졌다. 그는 매우 불편해진 눈길로 육태강을 위아래로 훑어보며 말했다.

"허리가 제법 뻣뻣하시구려. 나이도 어린 것 같은데 말투도 너무 격의가 없는 것 같고. 혹시 내가 누군지 모르오?"

약간 말을 돌리긴 했으나 결국 육태강의 태도가 너무 건방지다는 것을 노골적으로 지적하는 말이었다.

하지만 육태강은 오히려 불쾌하다는 눈치를 드러냈다.

"그게 무슨 문제가 될 것이라도 있소?"

그래서 어쩌라는 거냐, 라는 말이었다. 너무 의외의 반박이라서 그랬는지 당장에라도 화를 낼 것 같던 당우량의 표정이 머쓱하게 변했다.

"물론 그건 아니지만……."

육태강은 대뜸 말을 끊고 나섰다.

"그럼 이제 우리는 가도 되는 거요? 앞서 밝혔다시피 우리는 먼 길을 왔고 또 먼 길을 가야 하오. 게다가 날은 저물었는데 아직 마땅한 잠자리도 찾지 못했소. 무슨 사연인지는 모르겠으나 더 이상 볼일이 없다면 이제 그만 길을 열어 주시오. 이렇게 시간을 지체하다가 늦어서 물주의 기분을 상하게 할까 봐 심히 우려되는구려."

당우량은 감정에 솔직한 사람인 모양이었다. 그게 아니면 감정을 속이는 데 서툰 사람이거나. 그는 육태강의 태도가 영 마뜩찮다는 듯 사나운 표정이 되었다.

그러면서도 선뜻 화를 내지 않고 참는 것은 아마도 당돌한 아이를 바라보는 어른처럼 육태강을 멋모르는 하수로 보고 어찌할 바를 몰랐기 때문인 것 같았는데, 때마침 나서는 사람이 있었다.

"백부님, 보아하니 물정 모르고 나선 시골 표행인 듯한데 그만 보내 주지요. 앞서도 말씀드렸다시피 본가의 물건을 갈취하고 나서 감히 이렇게 대로변으로 도주할 간 큰 녀석이 세상에 어디에 있겠습니까. 아무리 생각해도 이런 관도보다는 사람의 발길이 닿기 어려운 산길이나 협곡 쪽에 더 신경을 쓰는 것이 나을 듯싶습니다."

당우량의 뒤쪽, 관도 변에 서서 눈치를 보고 있던 사내들

중의 하나가 나선 것이었다.

당우량을 서슴없이 백부라고 칭할 사람이라면 분명 당가 오형제의 나머지 넷 중 하나의 직계라는 뜻인데, 그래서인지 눈치를 보며 조심스럽게 나서는 모습에서도 명문의 우아한 기풍이 엿보이는 헌헌하고 훤칠한 사내였다.

당우량이 사내를 일별하며 무겁게 말했다.

"인(刃)이 네 말을 이해 못 하는 것은 아니나, 감히 본가의 물건에 손을 댄 것부터가 그만큼 간 큰 녀석이 아니면 할 짓이 못 된다. 게다가 가주님의 생명이 달린 일이 아니더냐. 어디 한구석도 소홀하게 생각해서는 절대 안 되는 일이다."

인이라면 바로 당인(唐刃)이었다.

당가오형제의 둘째인 당문호리(唐門狐狸) 당지문(唐知文)의 첫째 아들이자, 최근 후기지수의 선두로 인정받고 있는 무리, 무림팔수의 하나인 독룡(毒龍)인 것이다. 그 당인이 머리를 조아리며 몸 둘 바를 몰라 했다.

"그야 여부가 있겠습니까, 백부님. 저는 다만 어린 소견에 어른들께서 너무 대로변으로만 수색을 집중하시는 것 같아서 주제넘게 말씀드린 것뿐입니다. 제 소견이 짧았다면 너그럽게 용서하십시오."

당우량은 자신의 감정에 솔직할 뿐만 아니라 단순 명쾌

한 사람이기도 한 모양이었다. 고개 숙인 당인을 바라보던 그는 이내 손을 저었다.

"아니다. 네 의견이 전적으로 틀린 말은 아니니……."

고개를 끄덕이며 짧은 침음을 흘린 당우량은 이내 시선을 육태강에게 돌리며 포권의 예를 취했다.

"그만 가도 좋소. 그리고 본인이 너무 무례했다면 용서하시오. 사안이 시급하고 중하여 그리하였던 것이니 너그럽게 이해해 주길 바라겠소."

"별말씀을……."

육태강은 마주 공수했다.

"본인 역시 이번 표행이 표국을 차린 이후 처음 치르는 초행길이라 사람을 대하는 데 서툴러서 실수를 한 것이 아닌지 모르겠소. 실수를 했다면 양해해 주시오. 그럼 이만……."

당우량의 안색이 조금 풀어졌다. 이번이 초행길이라는 말을 듣고 나니 육태강의 무뚝뚝한 태도가 어느 정도 이해가 가는 모양이었다.

그런데 인사를 끝내고 이동을 시작한 육태강 일행을 바라보던 당우량의 눈빛이 갑자기 예리하게 변했다.

"잠깐!"

육태강 일행의 행렬이 다시 멈추자, 당우량이 서너 발짝 다시 거슬러서 육태강의 전면을 막아서더니 밑도 끝도 없이 말했다.

"오다가 비를 만나신 모양이구려."

육태강은 대수롭지 않게 대답했다.

"그렇소만?"

당우량이 냉담하게 말했다.

"다들 고생깨나 했겠구려. 사천의 관도는 무르기로 유명하니 말이오."

육태강은 지그시 당우량을 바라보며 물었다.

"무슨 말을 하고 싶은 것이오?"

당우량이 한층 더 싸늘해진 눈길을 던지며 말했다.

"내가 하고 싶은 말은 이거요. 그렇다면 고생은 다들 같이했을 텐데 어찌하여 고생한 티가 나지 않는 사람이 이 중에 섞여 있냐 이거요. 국주라는 귀하마저도 신발에 진흙이 묻어 있는 판에."

그랬다. 앞서 폭우를 만나 진창을 헤친 덕분에 육태강 일행의 신발은 하나같이 지저분했다. 발길을 서두르느라 대충 털어 낸 탓에 여전히 진흙의 흔적이 남아 있었다.

하지만 앞서 합류한 사내들은 그렇지 않았고, 당우량은 예리하게 그걸 간파해 낸 것이었다.

당우량이 냉기에서 살기로 변한 눈길로 육태강을 노려보

았다. 어떤 기공을 운용하는 것인지 헐렁하게 늘어졌던 그
의 장포가 서서 부풀어 오르고 있었다. 그 상태로 그가 물
었다.

"이유를 설명해 주시겠나?"

육태강은 침묵한 채 대답하지 않았다. 그저 무언가 낌새
를 차리고 좌우로 간격을 벌리는 당문의 사내들을 바라만
보고 있었다.

그때 거친 욕설과 함께 그들 중에 섞여 있던 사내들이 메
뚜기처럼 튀어나갔다.

"이런 빌어먹을……!"

좌측의 사내들이 튀어나간 방향은 수풀로 우거진 구릉이
었다. 그 와중에도 우측의 개울은 평지와 다름없어서 도주
에 용의하지 않다는 계산을 한 모양이었다.

하지만 그런 계산은 당우량도, 그리고 대번에 거리를 벌
려서 포진한 당문의 사내들도 하고 있었던 것이 분명했다.

"쥐새끼들이 감히 여기가 어느 안전이라고……."

당우량이 노성을 발하며 튀어나가는 사내들을 향해 쌍수
를 펼쳤다. 크게 부풀었던 그의 소맷자락이 그 순간에 사그
라지며 예리한 소음이 울렸다. 마치 서너 개의 가느다란 회
초리가 동시에 휘둘러지는 듯한 그 소음과 함께 억눌린 신
음이 밤하늘에 뿌려졌다.

“컥!”

“크윽!”

수풀이 우거진 구릉을 향해 뛰어나가던 사내들 중 세 명이 화살 맞은 기러기처럼 속절없이 추락했다. 어디를 어떻게 당했는지는 몰라도 바닥에 떨어진 그들은 입에 게거품을 물고 사지를 비틀며 경기를 일으키다가 이내 힘없이 늘어져 버렸다.

“암기!”

사미륵의 나직한 탄성이었다. 그럴 것이었다. 당문의 암기는 절대의 극독이 발라져 있다고 하더니 그게 사실인 모양이었다.

육태강이 소리쳤다.

“모두 움직이지 마!”

일행들에게 던진 경고였다. 그 순간 당우량이 신형을 날리며 재차 쌍수를 흔들었고, 예의 희미한 소음과 동시에 섬뜩한 느낌의 기운이 앞서 펼쳐진 암기에 당하지 않고 구릉을 향해 날아가던 두 사내의 뒷등을 노렸다.

“그자를 죽이면 안 돼!”

육태강이 반사적으로 다시 외친 말이었다. 그러나 이어진 상황은 그의 예상과 조금 달랐다.

도주하던 두 사내 중 하나는, 바로 앞서 사미륵의 목에 칼을 대고 위협하던 사내는 그리 호락호락한 인물이 아니었다. 뒤따르던 사내가 당우량의 암기에 당해서 비명을 지르는 순간에 사내가 신형을 돌리며 칼을 휘둘렀다.

허공에 뜬 상태로 신형을 돌리는 것도 어려운 일이지만 그 상태에서 칼을 휘두르는 것은 더욱 어려운 일이다. 일정한 경지에 다다른 무인이 아니면 절대 펼칠 수 없는 수법인 것인데 그 사내는 그렇게 했고, 그 위력 또한 놀라웠다.

푸른 섬광이 십자를 그리며 크게 확산되더니 쇄도하던 암기를 대번에 무산시키는 것도 모자라서 뒤를 따라가던 당우량마저 위협해 들었다.

"십자유성도(十字流星刀)!"

당우량이 당황한 목소리로 부르짖으며 쌍수를 휘저었다. 요란한 폭음이 울렸다. 그가 부지불식간에 내지른 장력과 사내의 도광이 충돌하며 터진 폭음이었다.

"냉운영(冷雲影), 네놈이었구나!"

충돌의 여파에 밀려서 바닥에 내려선 당우량이 이를 갈아붙이며 사내를 향해 재차 신형을 날렸다. 사내, 냉운영이라고 불린 그 사내가 어느새 신형을 돌려서 도주하고 있었던 것이다.

그러나 냉운영의 입장에선 안타깝게도 도주하는 방향이 좋지 않았다. 아니, 그보다는 그가 혼자 감당하기에는 당문

의 사내들이 너무 많았고, 그중에는 당우량만큼이나 뛰어
난 고수도 있었다.

독룡이라는 별호 아래 무림팔수의 하나로 인정받고 있는
당인이 바로 그였다.

"고작 살수 따위가 본가를 우습게 보고 이리 설치다니!"

언제 어느 틈에 움직였는지는 몰라도 어느새 냉운영의
전면을 막고 우뚝 서 있던 당인이 준엄하게 외치며 쌍수를
내뻗고 있었다.

냉운영이 크게 당황한 빛을 보이며 수중의 칼을 휘둘렀
다. 아니, 휘두르려고 했다. 하지만 칼을 쳐들고 휘두르려
는 자세 그대로 급격히 굳어지며 지상으로 추락했다.

당우량의 공격을 신경 쓰느라 당인의 움직임을 너무 늦
게 파악한 결과였다. 당인의 손에서 소리도 없이 뻗어진 무
언가가, 어느새 그의 요혈을 파고든 것이다.

"이런……!"

육태강은 추락하는 냉운영을 보며 서둘러 앞으로 나섰
다. 벌써부터 서너 명의 당문 사내들이 삼엄한 기색으로 그
와 일행만을 주시한 채 앞을 막고 있었으나 상관하지 않고
나선 것이었다.

그때 그를 향해 무언가 공격을 하려는 듯 기민하게 손을
움직이는 당문 사내들 뒤로 누군가 나타나서 외쳤다.

“멈춰라!”

당우량이었다.

당우량은 애초부터 육태강 등에게 적잖은 신경을 쓰고 있었던 것이 분명했다. 그러지 않았다면 당인이 냉운영을 제압하는 것을 확인하기 무섭게 육태강 등을 향해 신형을 돌려세웠을 리 만무했다.

당우량의 외침을 들은 당문 사내들은 손을 멈추었다. 하지만 육태강은 발길을 멈추지 않고 추락한 냉운영을 향해 다가서며 외쳤다.

“그자를 죽이면 안 돼!”

당우량이 차갑게 경고했다.

“더 이상 움직이면 죽는다.”

육태강은 그제야 발길을 멈추었다. 당우량이 한 손을 들어서 그를 겨누고 있었다. 앞서 냉운영을 향해 암기를 발출하던 바로 그 자세였다.

육태강은 특유의 무심한 눈길로 당우량을 직시했다. 당우량이 무언가 이채롭다는 듯 그를 잠시 바라보다가 이내 두 눈을 가늘게 접으며 물었다.

“왜 저자가 죽으면 안 된다는 거지?”

“저자가 우리 동료에게 독을 썼다.”

육태강은 짧게 대꾸하며 돌아서서 사미륵을 앞세우고는

목에 난 상처를 보여 주었다. 그리고 한결 차분해져서 더욱
냉정하게 느껴지는 목소리로 재우쳐 부연했다. 의도한 것
인지, 아니면 급해서인지는 몰라도 무뚝뚝한 반말이었다.

"해독약은 둘째 치고 아직 저자가 쓴 게 어떤 독인지도
모르는 상황이다. 그러니 저자가 죽으면 우리 동료도 죽게
된다."

당우량은 그의 설명을 듣고도 별다른 반응이 없었다. 그
저 가만히 서서 그를 바라보다가 슬머시 미소 짓고는 질문
처럼도, 혼잣말처럼도 들리는 목소리로 중얼거렸다.

"한패가 아닐 것이라고 짐작했는데 역시 그런 사연이 있
었군그래. 여길 빠져나가기 위해서 독을 써서 위협했다 이
거지?"

당우량은 제대로 설명을 듣지 않고도 대번에 사태를 짐
작하고 있었다. 하지만 육태강의 문제는 이미 거기에 있지
않았다.

"지금 문제는 그게 아니라……."

"죽지 않았다."

당우량이 육태강의 말을 자르며 덧붙였다.

"냉운영, 저자가 죽는 것은 우리도 바라는 바가 아니다.
우리도 저자에게 받아 낼 것이 있으니까. 해서, 애초부터
독은 독이지만 목숨과는 상관없는 산공독(散功毒)을 사용해

서……."

"저, 백부님……."

당인이 긴장된 목소리로 당우량을 부르고 있었다. 당우량이 돌아보자, 바닥에 널브러진 냉운영의 신형을 살펴보던 당인이 어두운 표정으로 말을 더듬었다.

"주, 죽었습니다."

"죽었다니? 누가 죽어?"

"그게, 그러니까, 냉운영이……."

당우량이 크게 당황했다.

"왜? 어째서?"

당인이 몸 둘 바를 몰라 하며 머리를 조아렸다.

"제가 급한 마음에 그만 산공독이 아니라 견혼수(牽魂水)를 바른 대봉남망(大蓬藍芒)을 사용하는 바람에……."

"어쩌자고 그런!"

인상을 쓰며 타박하던 당우량이 이내 안색을 바꾸며 말했다.

"그럼 물건은? 물건은 어찌 되었느냐? 찾았느냐?"

당인의 머리가 그야말로 자라처럼 오그라들었다.

"그, 그게 어찌 된 일인지 이자의 품에 없습니다."

당우량은 더는 기다리지 않고 달려들어서 냉운영의 전신을 샅샅이 뒤졌다. 하지만 냉운영에게서는 그 어떤 물건도

나오지 않았다.

"다른 녀석들은?"

다른 네 명의 사내도 마찬가지였다. 당우량의 말이 떨어지기 무섭게 당문의 사내들이 우르르 달려들어서 바닥에 쓰러져 있던 다른 네 명의 사내를 이리저리 뒤적이며 샅샅이 뒤져 보았지만 그들이 찾는 물건은 보이지 않았다.

"이런…… 이런……."

당우량은 망연자실한 모습으로 한숨을 쉬고 또 내쉬었다. 그러다가 문득 두 눈에 더할 수 없이 날카로운 빛을 담고서 육태강을 노려보았다.

"아무래도 이대로 그냥 보낼 수는 없겠군그래."

그는 단호한 표정으로 재우쳐 말했다.

"나를 따라와 줘야 되겠어. 본가로!"

＊　　＊　　＊

사건의 진상은 이랬다.

두 달 전 현 사천당문의 문주인 독중인(毒中人) 당이종(唐異宗)이 중독되었다.

독의 조종이라 불리는 당문의 가주가 독에 당해서 중독되었다는 것은 어찌 보면 우습게 들릴 수도 있으나, 그의 경우는 어쩔 수 없는 일이었다. 모종의 독공을 무리하게 수련하다가 기혈이 역행해서 그 자신이 체내에 보유한 독을 제어하지 못하게 된 결과였기 때문이다. 일종의 주화입마라고도 볼 수 있는 상황인 것이다.

당이종은 익힌바 독공이 뛰어났던 만큼 체내에 보유했던 독의 성질 역시도 대단히 복잡하고 지독한 까닭에, 독에 관해서 무소불위의 능력을 보유한 그들로서도 해독할 방법을 찾기가 쉽지 않았다.

하지만 그들은 역시 독의 조종이라는 말이 조금도 부끄럽지 않은 가문이었다.

그들은 밤을 낮 삼아 전대의 서적을 뒤져 가며 전력을 다했고, 기어코 해독 방법을 찾아내고야 말았다. 불행 중 다행히도 당이종과 같은 전례가 전혀 없지 않았던 까닭에 자체적으로도 기약할 수 없다고 생각한 일을 불과 한 달여 만에 해결해 버린 것이었다.

다만 문제는 필요한 약재가 당문에 없었다는 사실이었는데, 그들은 이 부분에서도 굴하지 않았다.

당문은 가문의 인원을 총동원해서 백방으로 약재를 수소문했다. 독의 조종인 당문에서 독에 의한 우환을 외부로 유출시킬 수는 없는 터라 극비리에 진행된 일이었다.

그들의 노력은 헛되지 않아서 마침내 필요한 약재를 찾

아내는 데 성공할 수 있었다. 정확히는 약재가 있는 곳을 알아냈다.

바로 황궁보고(皇宮寶庫)였다.

당문은 즉각 정관계의 유력한 인사들과 줄을 댔고, 우여곡절 끝에 약재를 얻을 수 있었다. 그리고 직접 사람을 보내서 비밀리에 사천으로 수송했다.

이제 남은 일은 수송되어 올 약재에 당문이 보유한 약재를 배합해서 해독약만 만들면 되는 상황.

그런데 터무니없는 일이 벌어졌다.

사천으로 들어오던 약재가 누군가에게 강탈당했다. 바로 육태강 등이 성도 인근으로 접어들기 직전인 오후 무렵에 벌어진 사건이었다.

각설하고, 어쨌거나 당문의 기민한 대처로 사천을 빠져나가려던 범인은 잡았다. 사천 일대에서 암약하던 살수 십자유성도 냉운영이 바로 범인이었다.

일개 살수인 냉운영이 왜, 무슨 이유로 사천당문의 물건에 손을 댔는지는 중요하지 않았다. 그건 나중 일이고 우선은 그저 냉운영을 잡았다는 것이 중요했다. 냉운영을 잡으면 당연히 약재가 나올 것으로 생각했기 때문이다.

그러나 냉운영에게서 약재가 나오지 않았다. 엎친 데 덮친 격으로 격분한 당인의 실수로 말미암아 냉운영이 죽은 마당에 말이다.

　냉운영이 물건을 다른 곳으로 빼돌릴 만한 시간적인 여유는 없었다. 무슨 사연인지는 몰라도 사천당문의 물건에 손을 댔다면 그만한 사연이 있을 텐데, 그런 귀중한 물건을 중간에 버릴 리도 만무하다.
　그럼 결론은 하나뿐이다. 그때 같은 자리에 있던 사람들 중 누군가가 받았을 확률이 높다.
　이것이 당우량의 추측이었다. 그리고 그런 당우량의 추측을 당문 사람들은 믿어 의심치 않는 것 같았다.
　적어도 당가타로 대변되는 장소, 장강의 지류인 우강(烏江)의 거친 물줄기가 한눈에 들어오는 사천당문의 거대한 연무장에 운집한 백여 명의 당문 일족은 그런 눈치였다. 당우량에게 대략적인 당시의 상황을 듣고 나서 육태강 일행을 바라보는 그들의 눈초리는 하나같이 적의에 불타고 있었다.
　"귀하의 이름은?"
　당우량의 설명이 끝나기 무섭게 나서며 조용히 묻는 사람은 나이를 짐작하기 어려운 인물이었다. 나이가 너무 많이 들어 보여서가 아니라, 백순 노인처럼 백발이 성성한 머리에 반해 검게 그을린 피부는 탄력이 넘치고 두 눈빛은 독공을 수련한 당문 사람답지 않게 어린아이처럼 초롱거리기 때문이었다.

당년 나이 정확히 팔순. 현 사천당문의 가주인 독중인 당이종의 숙부인 독수마동(毒手魔童) 당염(唐焰)이 바로 그였다.

사안이 사안인 만큼, 노환으로 안정을 취하고 있다는 사천당문의 전대 가주이자 당이종의 아버지인 천수노조(千手老祖) 당백(唐伯)을 제외하면 사천당문의 최고 배분인 그가 직접 나와서 당우량 등을 맞이했던 것이다.

육태강은 무언가 딴생각을 하고 있던 사람처럼 우두커니 서 있다가 뒤늦게 당염의 시선을 마주하며 대답했다.

"육태강이오."

장내의 분위기가 더욱 험악해졌다. 당장에 머리를 조아려도 시원찮을 판에 불손하게도 가문의 최고 어른과 눈을 맞추며 평대를 하고 있지 않은가. 범인 주제에 겁도 없이.

가문의 존장이 나선 참이라 억누르고 있지만 사람이 눈빛으로 사람을 죽일 수 있다면 육태강은 죽어도 열 번은 더 죽었을 터였다.

당염이 장내의 분위기에 휩쓸리지 않고 잠시 여유를 두고 육태강을 바라보다가 차분하게 말했다.

"좋네, 육 소협. 아니, 육 국주라고 부르는 게 낫겠군. 작

든 크든 표국의 대표라니…… 아무튼 육 국주, 우리 아이들
과 얼마 떨어지지 않은 곳에서 그자에게 당해서 인질이 되
었다는 것이 사실인가?”

육태강은 짧게 대답했다.

“사실이오.”

당염이 같은 어조로 물었다.

“혹시 그자에게서 어떤 물건을 보지는 못했나? 작은 금
합이네. 한 손에 들어갈 정도로 작은…… 못 보았나?”

“못 보았소.”

당염이 속내를 읽어 보겠다는 듯 육태강의 두 눈을 직시
하며 다시 물었다.

“그렇게 단정하지 말고 어디 한번 잘 생각해 보게. 겉이
옥으로 장식되어 있고 둘레가 밀랍으로 밀봉된 금합이네.
말이 나온 김에 하는 말이지만 그 물건은 육 국주에겐 아무
런 쓸모가 없는 물건이네. 정말 보지 못했나?”

육태강은 조금도 주저하지 않고 대답했다.

“보지 못했소.”

당염이 거듭 힘주어 확인했다.

“정말인가?”

육태강은 잠시 답변을 뒤로 미루고 당염을 비롯한 좌중
의 인물들을 훑어보았다. 괜한 사달을 부르기 싫어서라기

보다는 독에 당한 사미륵의 안위 때문에 조용히 따라나선 길이었다.

그런데 이건 분위기가 영 아니었다. 당염은 그렇다 쳐도 다들 하나같이 당장에 불이라도 토할 것처럼 살벌한 기세였다. 형장이 아니고 형틀만 없었지 영락없이 그와 일행을 냉운영이라는 자와 함께 자기들의 물건을 훔친 죄인으로 단정하고 있는 눈길인 것이다.

비록 포박은 당하지 않았으나 당가의 대문 안으로 들어온 이상, 그와 별반 다름없는 상황이고 말이다.

그 느낌, 그 상황이 자제하고 있던 그의 기분을 더없이 불쾌하게 만들었다. 그는 굳이 그런 감정을 감추지 않은 눈길로 당염을 바라보며 대답했다. 자연히 말이 거칠게 나가고 있었다.

"대체 그자가 왜 내게 그 물건을 보여 주었을 것이라고 생각하는 거요? 그자가 바보가 아닌 다음에야 애써 훔친 물건을 인질에 불과한 내게 보여 줄 이유가 어디에 있소? 설마 그자가 이게 바로 대사천당문을 상대로 훔친 물건이라고 자랑이라도 했을까 봐서 이러는 거요?"

타오르는 불길에 기름을 끼얹은 격이었다.

"저, 저놈이 감히 여기가 어느 안전이라고…… 네놈이 정녕 단매에 죽고 싶은 게로구나!"

장내가 대번에 들끓었다. 참지 못하고 불같이 앞으로 나서는 자들도 적지 않았다. 그중에는 자신들의 임무를 온전히 완수하지 못한 탓인지 한껏 기가 죽어 있던 당우량과 당인도 포함되어 있었다.

특히 당인의 경우는 자기의 실수로 인해 이번 일이 벌어졌다고 생각하는지 시종일관 고개를 숙이고 있었는데, 때는 이때다 싶은 얼굴로 더욱 흥분해서 나서고 있었다.

당염이 손을 들어서 좌중의 분위기를 가라앉히지 않았다면 상황이 어떻게 되었을지 몰랐다.

육태강은 아랑곳하지 않고 당염에게만 시선을 고정한 채 특유의 무감동한 목소리로 다시 말했다.

"다시 말하지만 나는 그때도 그렇고 지금도 그렇고 그자가 누군지 전혀 모르오. 그건 다른 자들이 깨어나면 금방 확인될 될 일이오. 나는 그저 뜻하지 않게 동료가 독에 당하는 바람에 그자의 인질이 되었을 뿐이고, 그자를 죽인 귀 가문에서 내 동료를 해독시켜 줄 수 있다기에 이렇게 순순히 따라왔을 뿐이오. 그래서 묻는 건데, 귀 가문은 진정 내 동료를 치료해 줄 마음은 있는 거요?"

"이놈, 감히 어디서 그따위 망발을……!"

"하룻강아지 범 무서운 줄 모른다더니…… 다 필요 없습니다, 노군. 당장에 저 녀석의 주리를 틀어서……."

장내의 분노가 들끓었다. 하늘같은 가문의 존장을 노인장이라고 부르니 그럴 만도 했다. 이번에도 당염이 손을 들어서 장내의 분노를 가라앉혔다.

당염은 그러고 나서 침묵한 채 가만히 육태강을 바라보다가, 이내 슬며시 시선을 돌려서 다른 일행들을 훑어보았다.

문득 그의 입가에 야릇한 미소가 번지기 시작했다. 그 상태로 그가 의미심장하게 중얼거렸다.

"처음부터 범상한 자들은 아니라고 생각은 하면서도 반신반의했지. 그런데 역시 내 눈이 틀리지 않았다는 확신이 이제야 드는군. 그게 거짓이든 진실이든 당문의 문턱을 넘어 들와서 이처럼 태연할 수 있는 사람이 세상에 또 몇이나 있을까?"

천하에 이름난 고수들도 일단 당문의 문턱을 넘어 들어오는 순간부터 움츠려들기 마련이었다. 세간에 녹피 장갑을 낀 당문 사람을 보면 그 주변에 절로 공터가 생긴다는 말이 나돌 정도로 당문의 위상은 그들이 보유한 극독과 암기만큼이나 경외와 두려움이 함께 공존하는 하는 것이다.

그런데 육태강을 비롯한 그 일행들은 전혀 그게 아니었다. 당문의 문턱을 넘어서 들어온 것도 모자라서 백여 명의 당문 고수들에게 둘러싸여 있으면서도, 두려운 기색이라고는 눈곱만큼도 보이지 않았다.

그저 무심한 얼굴로 침묵, 그리고 또 침묵하고 있을 뿐이었다.

내색은 삼갔으나 당염은 처음부터 지금까지 그와 같은 육태강 등의 모습을 눈여겨보고 있었던 것이다.

"육태강이라고 했나?"

당염이 재우쳐 물었다.

"어떤가? 무슨 사정인지는 모르겠으나 이제 그만 본색을 드러내는 것이?"

육태강도 침묵한 채 한동안 입을 열지 않았다. 앞서 당염이 그랬듯 그 역시 가만히 당염을 바라보고만 있을 뿐이었다. 표정의 변화는 없었으나 많은 생각을 하게 만드는 침묵이었다.

이윽고, 육태강이 침묵을 깨며 말했다. 대답이 아니라 오히려 질문이었다.

"그걸 알게 되면 귀 가문이 크게 다칠 수도 있는데 괜찮소?"

제십장

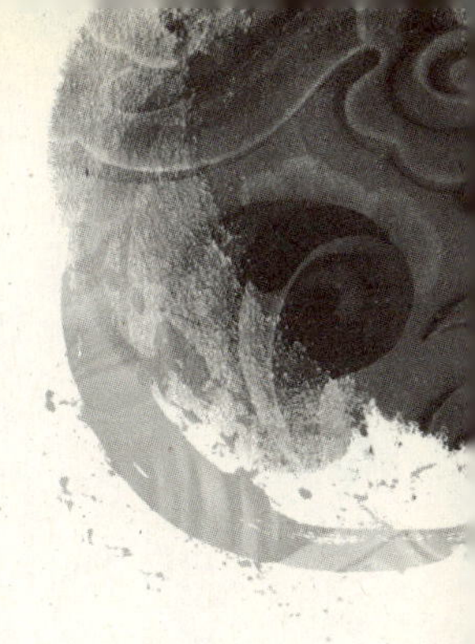

당염이 안색을 굳히면서도 애써 입가의 미소를 지우지
않은 채 대답했다.

"괜찮으니 어서 말해 보게. 천하에 본가를 위협할 수 있
는 것이 있다고도 믿지 않지만, 설령 있다고 해도 절대 외
세에 굴복하지 않은 것이 바로 본가의 자존심이라네."

육태강의 입술이 살짝 일그러졌다. 누구라도 대수롭지
않게 보고 넘길 그 모습을 유독 그의 일행들은 이채로운 눈
길로 바라보았다. 그들은 난생처음으로 본 것이다. 그건 분
명 미소였다. 그게 비록 야멸치게 느껴질 정도의 비웃음일
지라도 말이다.

그러던 중에 그가 들릴 듯 말 듯 한 목소리로 중얼거렸다.

"……에서도 그런 대답을 들었으면 좋았을 것을……."

당염이 미소를 지우고 눈썹을 찌푸렸다. 육태강이 무슨 말을 했다는 건 알겠는데, 목소리가 너무 작아서 정확히 듣지 못한 것이다.

"어디서 그런 대답을 들었으면 좋았을 거라고……?"

육태강은 가만히 당염을 바라보다가 말했다.

"그만둡시다. 노인장은 괜찮을지 몰라도 본인이 괜찮지가 않소. 나도 돌아가신 부친을 닮아서 나로 인해 다른 사람이 피해 보는 건 죽기보다 싫어하니까."

당염이 묘한 표정을 지으며 입을 열려는데, 육태강이 기회를 주지 않고 재우쳐 말했다.

"그보다 그 물건만 되찾으면 되는 것 아니오. 내가 그 물건을 찾아 주겠소. 대신 더 늦기 전에 어서 내 동료를 치료해 주시오."

사미륵은 벌써부터 붉어진 얼굴에 핏발이 선 두 눈과 시퍼렇게 죽은 입술을 하고 있었다. 애써 내색을 삼가고 있으나 어느새 중독 증상이 눈에 훤히 드러날 정도로 심각한 상황인 것이다.

그러나 당염은 서두르지 않았다. 그는 대수롭지 않게 힐끗 사미륵을 일견하였을 뿐 별다른 반응 없이 육태강을 예리한 눈길로 주시하며 말했다.

"치료해 주지. 어떤 독에 당했는지 이미 추측도 되니 해독은 그리 어려운 일이 아니네. 헌데 그자, 냉운영의 손에서 그런 물건은 보지도 못했다는 자네가 어떻게 그 물건을 찾아 준다고 이리 호언장담하는 거지?"

육태강은 예의 무감동한 목소리로 대답했다.

"그자의 손에선 본 적이 없지만 다른 사람의 손에 들린 건 본 적이 있으니까."

"다른 사람?"

당염이 두 눈을 크게 뜨며 다그쳤다.

"누구?"

육태강은 무심히 손을 들어서 한 사람을 가리켰다.

"저기 저 친구."

당염을 비롯한 장내의 인물 모두가 육태강의 손이 가리킨 한 사람에게 시선을 모았다. 그리고 하나같이 잠시 멍해진 표정을 짓다가 이내 불같이 분노한 눈길로 육태강을 노려보았다.

육태강의 손이 가리킨 사람이 다름 아닌 당문의 귀재이자, 후기지수의 선두로 꼽히는 당인이기 때문이었다.

사람은 누구나 너무 어이없고 황당한 일을 당하면, 그래서 화가 나면 차라리 웃어 버리는 경우가 있다. 당인이 그런 것 같았다. 육태강이 범인이라고 지목하며 손으로 가리키고 그 손길에 따라 중인들이 시선이 일제히 집중되자, 당인은 기가 막힌다는 얼굴로 헛웃음을 흘렸다.

대신 다른 사람이 불같이 화를 내며 나섰다.

"저런 미친놈을 보았나! 네 이놈! 어디 할 말이 없어서 감히 누구에게 그따위 터무니없는 누명을 씌우는 게냐! 네 당장에 네놈의 뼈와 살을 발라서 진실을 토하게 하고 말리라!"

당염의 뒤에 시립해 있던 네 명의 중년인 중 하나였다. 청수한 외모에 귀밑머리를 길게 늘어뜨린 그는 당가오형제의 둘째인 당인의 아버지, 당문호리 당지문이었다.

당문호리라는 별호가 말해 주듯 벌써 오래전부터 당문 최고의 두뇌로 알려졌으며, 그런 만큼 평소 침착하기가 이를 데 없다고 정평 난 그가 아들이 모함을 받자 참지 못하고 나선 것이었다.

육태강은 극도의 분노 때문인지 벌겋게 달아오른 얼굴로 나서는 당지문을 가볍게 일견하고는 무심하게 말했다.

"확인해 보면 알 일."

다음 순간 그의 신형이 당인을 향해 쏘아졌다. 아무런 사전 동작도 없이 튀어나간 그의 신형은 그야말로 시위를 떠난 화살과 같았다.

"앗!"

"저, 저놈이!"

사방에서 경악성이 터졌다. 육태강이 갑자기 이렇게 나올 줄은 장내의 누구도 예상하지 못한 일이었던 것이다. 하지만 당문은 역시 당문이었다.

당지문을 비롯한 서너 명의 사내들이 거의 동시에 반응해서 들어 올린 손으로 육태강을 가리켰다. 당지문과 나란히 서 있던 당우량의 반응도 그에 못지않게 빨랐다. 육태강이 쏘아지는 그 순간에 당우량 역시도 반응해서 당인을 잡아채 옆으로 밀치며 쌍수를 내뻗고 있었다.

어떤 기공을 운용했는지는 몰라도 삽시간에 그의 두 손을 감싼 청록의 기류는 보는 것만으로도 등골을 오싹하게 하는 느낌을 주고 있었다.

그야말로 찰나지간, 당문의 내로라하는 고수들이 당문의 비전 암기술과 독공을 펼친 것이다. 육태강과 당인의 거리는 불과 삼 장여 남짓. 육태강이 그 짧은 거리를 화살처럼 이동하는 순간에 벌어진 일이었다.

그러나 육태강이 펼친 경공은 당지문 등이 눈으로 보고 느끼는 것보다 훨씬 빨랐다. 그리고 그의 무력은 당우량이 생각하는 것 이상으로 높았다.

당지문 등이 발출한 눈에 보이지 않는 암기가 간발의 차이를 두고 헛되이 육태강의 등 뒤로 스쳐 지나갔다. 때를 같이해서 요란한 폭음이 울렸다. 육태강이 당우량의 장력을 그대로 맞받아친 결과였다.

"어리석은 놈……."

누군가의 비아냥거림이 폭음의 뒤를 따라붙었다. 육태강을 두고 하는 소리였고, 무인이라면 누구라도 충분히 고개를 끄덕일 말이었다.

독공을 익힌 무인의 장력은 그저 단순한 장력이 아니다. 그 속엔 그가 수련한 독의 정화가 담겨 있는 터라 비록 공력의 우위를 점하고 있을지라도 절대 정면으로 맞받아쳐서는 안 된다. 그럴 경우 격돌의 승패와 상관없이 중독당해서 결국에는 이겨도 패하는 결과를 초래하기 때문이다.

게다가 상대는 다른 누구도 아닌 당문 서열 십 위권의 고수인 당문패권 당우량이었다. 바보가 아닌 다음에야 언뜻언뜻 보이는 푸르스름한 그의 두 눈빛만 보아도 그가 암기보다는 독공에 주력한 무인이며, 그 경지가 독분이나 뿌리고 대롱으로 미향이나 불어 날리는 정도가 아니라 내공으로 독을 제어하는 지경에 오른 진정한 독공의 고수임을 알 수 있을 터였다.

그런데도 육태강은 그걸 무시하고 정면으로 맞받아쳤다.

누구라도 어리석다고 생각하지 않는다면 그게 오히려 이상한 일일 터이다.

그래서 장내의 인물들은 마땅히 상황이 끝났다고 확신했는데, 놀랍게도 결과는 전혀 그렇지가 않았다.

"크윽!"

당우량이 억눌린 신음을 흘리며 뒤로 이 장여나 주르륵 밀려났다. 얼떨결에 그의 뒤를 받치고 서 있던 서너 명의 사내들과 함께였다.

그사이 육태강이 신형이 당인을 덮쳤다. 시종일관 무심하기만 한 육태강의 얼굴에서는 그 어떤 중독의 현상도 드러나 있지 않았다.

"익!"

당인이 두 눈을 부릅뜨며 본능처럼 한 손을 쳐들었다. 앞서 냉운영의 목숨을 끊었던 바로 그 수법, 당문 팔대 암기의 하나인 대봉난망을 펼치려는 자세였다. 와중에도 감탄을 자아낼 만큼 대단히 빠른 응수. 누가 뭐래도 그는 당문 최고의 기재이며 강호무림이 주시하는 무림팔수의 하나인 것이다.

그러나 당인의 손은 미처 다 뻗기도 전에 반으로 접혀 버렸다. 육태강이 어느새 그의 손목을 잡아채서 그렇게 만들었다. 그리고 거기서 멈추지 않고 접혀진 팔을 등 뒤로 돌

려서 꺾었다. 당인이 빠져나가기 위해 얼굴이 붉어질 정도
로 용을 썼으나 소용없었다. 이미 완맥이 제압된 상태라 제
대로 힘이 전달되지도 않았다.

육태강이 그렇게 몸부림치는 당인을 사정없이 그대로 내
리눌렀다.

당인은 속절없이 앞으로 고꾸라지며 바닥에 머리를 처박
았다. 육태강이 뒤로 꺾인 그의 손과 등을 함께 밟고 손으
로 머리를 잡아채서 올린 것은 그다음의 일이었다.

어처구니없게도 당문의 최고 기재이자 강호무림이 인정
하는 신진고수인 무림팔수의 하나가, 그야말로 눈 깜짝할
사이에 생각할 수 있는 가장 완벽한 형태로 제압당하는 순
간이었다.

"이, 이런 감히……!"

그를 지켜보던 당문 일족들이 뒤늦게 격앙된 반응을 보
이며 나섰다. 직접 두 눈으로 보면서도 믿을 수 없을 정도
로, 아니, 믿기 싫을 정도로 너무도 어처구니없는 상황이기
때문일 것이다.

그렇지만 소용없는 일이었다. 그들은 한 발짝도 제대로
육태강을 향해 다가갈 수 없었다. 육태강의 한마디가, 그리
고 이어진 하나의 행동이 그들을 그렇게 만들었다.

"섣불리 움직이면 이자가 죽는다."

움직이던 혹은 움직이려던 사람들이 그대로 멈추며 돌처럼 굳어져 버렸다. 육태강의 손에 당인의 머리채가 잡혀 있는 모습이 새삼 그들의 눈에 들어왔기 때문이다.

그것도 육태강이 조금만 더 힘을 가하면 대번에 으드득 소리를 내며 부러져 나갈 것처럼 목이 크게 휘어진 상태였다. 육태강이 말을 하면서 손으로 잡고 있던 당인의 머리채를 가볍게 흔들었던 것이다.

당지문이 분노에 겨운 듯 입술을 떨며 말했다.

"네, 네놈이 감히 그런 짓을 하고도 이 자리에서 살아남을 것 같으냐!"

육태강은 태연히 되물었다.

"그럼 이대로 물러나면 살려 줄 텐가?"

당지문은 말문이 막힌 듯 대답하지 못했다. 갑자기 이런 질문을 할 줄은 몰랐기 때문인지, 아니면 명문가의 자존심이 속내와 다른 거짓을 토해 놓지 못하게 막은 탓인지는 몰라도 그저 붉으락푸르락하는 얼굴로 육태강을 노려만 보고 있을 뿐이었다.

그때 당염이 나섰다.

"그래서 네가 원하는 게 뭐냐?"

"이미 말했잖소. 귀 문에서 잃은 물건을 찾아 주겠다고."

육태강은 당염을 힐끗 쳐다보더니 대수롭지 않게 대꾸하

고는 머리가 뒤로 꺾인 탓에 자연히 바닥에서 들려 있던 당인의 가슴팍으로 손을 찔러 넣었다. 그리고 이내 당인의 가슴팍에서 작은 물건 하나를 꺼내서 당염을 향해 내밀었다.

"이거 아닌가? 귀 문에서 찾는 물건이?"

당염의 두 눈가에서 경련이 일어났다. 뿐만 아니라 장내의 인물 모두가 두 눈을 크게 부릅뜨며 당황한 표정을 지었다. 그도 그럴 것이, 육태강이 당인의 품에서 꺼내 내민 물건은 바로 한 손에 들어갈 정도로 작은 금합이었다. 그들 당문이 찾고 있던 바로 그 금합인 것이다.

육태강은 침묵하고 있는 당염에게 거듭 확인했다.

"아닌가?"

당염이 굳은 얼굴로 고개를 저었다. 그리고 다시 끄떡거렸다. 놀람과 당황으로 얼룩진 그의 눈빛이 서서히 복잡한 감정으로 버무려지며 그의 고갯짓에 따라 흔들리고 있었다.

"맞네. 우리가 찾는 물건이 그거네."

육태강은 그제야 제압하고 있던 당인을 풀어 주며 당염에게 다가가서 금합을 건넸다.

당염은 육태강이 내민 금합을 말없이 받아 들었다. 그토록 애타게 찾던 금합을 찾았음에도 불구하고 그는 조금도 기쁜 표정이 아니었다. 그만이 아니라 장내의 모든 사람이 그와 같은 표정이었다. 그럴 수밖에 없는 것이 이제 사건은 단순히 누가 당문의 물건을 강탈해 갔다는 수준으로 끝날 문제가 아니게 된 것이다.

당염이 물었다.

"어떻게 알았나?"

육태강은 짧게 대꾸했다.

"이미 밝혔잖소. 저 친구의 손에 들린 걸 봤다고."

사실이었다. 그는 당인이 냉운영의 몸에서 무언가 작은 물건을 꺼내 가는 것을 보았었다. 냉운영이 암기에 당해서 쓰러진 직후, 당인이 쓰러진 냉운영의 생사를 확인하는 순간에 벌어진 일이었다.

당인의 행동은 사전에 미리 준비하지 않았다면 도저히 그럴 수 없을 정도로 기민한 것이었으나, 사미륵 때문에 냉운영의 생사에 관심을 두고 있던 그의 시선을 피할 수는 없었다.

당염이 한층 예리해진 목소리로 다시 물었다.

"그런데 왜 그때 밝히지 않았지? 당인이 빼돌린 이 물건이 자네의 동료를 치료할 수 있는 약일 수도 있다는 생각을 해서라도 당시에 밝혔어야 하지 않은가."

육태강은 이번에도 역시 무감동한 목소리로 짧고 간단하게 대꾸했다.

“남의 집 일에는 상관하고 싶지 않았으니까.”

당염의 주름진 두 눈가가 가늘게 접혔다.

“그건 애초부터 이 물건이 본가가 찾고 있는 물건임을 알아보았다는 뜻인가? 자네 동료의 중독과는 상관없는 물건임을 알아보았다는 그런…… 그러한가?”

육태강은 잠시 답변을 뒤로 미루고 당염의 두 눈을 가만히 마주 바라보았다.

그는 물론 당인이 빼돌린 물건이 당문에서 찾고 있는 물건임을 첫눈에 알아보았다. 그 물건, 금합의 겉에는 엄연히 당문의 표식이 선명하게 각인되어 있었기 때문이다. 비록 어둠이 짙은 밤인 데다가 당인의 손놀림은 재빨랐고, 금합의 겉에 새겨진 당문의 표식은 손톱보다도 작았으나, 그는 그 정도 장애에 별다른 지장을 받지 않을 정도의 안력을 소유한 고수인 것이다.

다만 육태강이 당시에 그걸 밝히지 않고 당우량을 따라서 당문으로 오게 된 까닭은, 그와 별개로 본디부터 그가 품고 있던 당문에 대한 감정이 적잖게 작용한 것이었다.

내색은 삼가고 있으나, 육태강은 지금 눈앞에서 매섭게 노려보고 있는 당염을 익히 잘 알고 있었다. 뿐만 아니라 당우량을 비롯하여 당지문과 당가오형제의 나머지 다른 이들도 똑똑히 기억하고 있었다.

그들은 기억하지 못하고 있지만 그는 그들 모두와 적어도 한 번 이상은 만난 적이 있었다. 그는 이미 오래전부터, 정확히 말하면 그의 아버지와 할아버지를 넘어 그 이전 세대에서부터 당문과 인연이 있었기 때문이다.

그의 가문은 대대로 사천에서 뿌리내리고 살던 사천의 유력한 토박이 가문이었고, 그래서 사천의 제왕인 당문과는 떼려야 뗄 수 없는 밀접한 관계를 가지고 있었던 것이다. 비록 그 관계가 그의 아버지 대에 벌어진 사건인 사천혈사로 말미암아 그의 기억 속에는 악연으로 깊이 새겨져 있긴 하지만 말이다.

그래서였다. 그 때문에 그는 당우량을 따라서 순순히 당문으로 온 것이었다. 모순적이게도 싫지만 왠지 모르게 반가운 마음이 들었던 것이다. 그야말로 애증이 교차하는 마음이었다.

그러나 여기까지였다. 추억을 회상하는 건 이 정도로 충분했다. 과거의 일로 원한이 생긴 것은 아니지만 적어도 다시 인연을 맺고 싶은 마음도 들지 않았다.

"그렇소. 정확하오."

육태강은 잘라 말했다.

당염이 잠시 여유를 두었다가 말을 받았다.

"그렇군. 잘 알겠네. 그럼 이제 서로 간의 오해는 다 풀린 것 같으니 그만 자네의 정체를 밝혀 주겠나? 도대체 누군가, 자네는?"

당염은 아무래도 육태강을 쉽게 놓아줄 생각이 전혀 없는 것 같았다. 부드러운 말투와 달리 단호하게 변한 그의 눈초리가 그것을 대변하고 있었다.

육태강의 얼굴에 오늘 처음으로 감정의 변화가 드리워졌다. 불쾌해하는 감정이었다.

"지금 중요한 문제는 그게 아니라고 생각되오만?"

사미륵을 두고 하는 말이었다. 문제가 해결된 마당에 중독으로 고통스러워하는 사람을 제쳐 두고 그의 정체나 캐려는 당염의 태도가 그는 도무지 마뜩찮았다.

그러나 당염의 태도는 요지부동이었다.

"아니네. 지금 내겐 무엇보다도 이게 가장 중요한 문제네. 이유야 어찌 되었든지 간에 누군지도 모르는 자네에게 가문의 치부를 드러내지 않았나. 그런데도 내가 자네가 누군지 모르고 있어서야 어디 쓰겠나. 그러니 어서 말해 보게. 자네는 도대체 누군가?"

육태강은 왠지 모르게 묘한 기분에 사로잡히는 것을 느끼며 당염의 두 눈을 가만히 바라보았다. 그리고 조용히 좌중을 둘러보았다.

그는 그제야 깨달을 수 있었다.

당염은 사미륵을 살려 줄 생각이 전혀 없었다.

처음엔 어땠는지 모르겠으나 적어도 지금은 그런 것이 분명해 보였다. 또한 그는 진정으로 육태강의 정체가 궁금한 것이 아니었다. 그저 복잡한 마음을 정리할 시간이 필요했을 뿐이었다. 가문의 치부를 가려야 한다는 의무감으로 애꿎은 사람을 죽여야 한다는 양심을 제거할 시간이 필요했던 것이다.

그래서 사미륵의 치료는 차치하고, 가문의 주인을 치료할 약을 빼돌렸던 범인을 잡고도 정작 그 범인은 제쳐 두고 쓸데없이 그의 정체나 묻고 있었던 것이다.

또한 그래서 범인이 아무리 같은 핏줄이라도, 아니, 같은 핏줄이기 때문에 더욱 서둘러서 정황을 파악하고 배후를 캐야 마땅한 상황임에도 모르는 척 외면하고 있었던 것이다.

살인멸구!

오직 그 하나의 이유, 바로 핏줄이 같은 핏줄을 죽이려 했다는 가문의 치부를 감추어야 한다는 명제는 어느새 이미 장내의 모든 사람들에게 소리 없이 전파된 상태였다.

당염의 눈에서 발견한 살기에 이어 아직은 노골적으로 드러나지는 않고 있지만 서서히 생성되며 조금씩 확대되고 있는 장내의 살기도 이제 육태강의 감각은 여실히 느낄 수 있었다.

육태강은 당문을 향한 애증의 감정이 급격히 한쪽으로 기울어 버렸다. 그는 가슴 한구석에서 치솟는 분노를 느끼며 당염을 향해 말했다.

"미안하군. 내가 너무 눈치가 없었어."

아직은 번민의 여운이 남은 모양이었다. 한결 살기가 짙어진 당염의 주름진 눈가에서 가는 경련이 일어났다. 그는 더 이상 감정을 속이지 않고 말했다.

"노부야말로 미안하군. 하지만 사천당문이 사천당문으로서 존재하기 위해서는 불가피한 조치인지라 어쩔 수 없네. 원망을 해도 달게 받을 테니 미안하지만 죽어 주게나."

당염의 눈빛은 더 이상 흔들리지 않았다. 그 상태로 그는 뒤로 한 발 물러나며 나직하지만 단호한 어조로 명령을 내렸다.

"처리하여라!"

당우량을 비롯한 당문오형제는 벌써부터 명령을 기다리고 있었다. 당염의 명령이 떨어지기 무섭게 가장 먼저 육태강 등의 전면에 나선 사람들이 바로 그들 다섯 사람이었다.

하지만 그게 다였다. 그들은 나서기만 했을 뿐 정작 그어떤 공격도 육태강에게 가하지 못했다. 가할 수 없었다. 늙수그레하지만 이유를 모르게 주변을 우렁우렁 하게 만든

다는 느낌을 주는 목소리 하나가 그때 들려왔기 때문이었
다.

"그만들 두게."

연무장과 연결된 전각의 문 앞에 꾸며진 섬돌 위였다. 거
미줄처럼 주름진 얼굴에 백발이 성성해서 도무지 나이를
짐작하기 어려운 작은 체구의 노인 하나가 명아주 지팡이
하나로 몸을 세우고 서서 장내를 굽어보고 있었다.

노환으로 벌써 오래전부터 별채를 벗어난 적이 없다는
사천당문 최고 배분의 어른인 천수노조 당백의 모습이었
다. 그 당백이 쪼그라든 입으로 탄식처럼 가볍게 혀를 차고
는 당염을 바라보며 나직이 타박했다.

"아우는 그리 후회하고도 십여 년 전의 실수를 또다시
되풀이하려는가?"

자리가 바뀌고 이야기가 다시 시작되었다.

일체의 장식을 배제한 대청이었다. 아무런 장식도 없는
사각형의 공간 한쪽 벽면에 거대한 지도가 걸려 있고, 중앙
에 직사각형의 긴 탁자와 의자들이 놓여 있을 뿐이었다. 평
소 사천당문의 핵심 인물들이 모여서 각종 대소사를 논의
하는 취의청(取意廳)의 모습은 그렇듯 허술하게 보일 정도
로 담백하기 그지없었다.

거기 탁자의 한쪽 모서리를 사이에 두고 육태강과 당백, 당염이 앉았다. 그 옆으로 당우량을 비롯한 당가오형제가 줄지어 앉았고 그런 그들의 시선을 받으며 당인이 한쪽에 무릎 꿇고 있었다.

이채로운 것은 이야기가 시작되기 전에 차를 들고 들어온 녹의 소녀 하나가 밖으로 나가지 않고 태연히 당백의 뒤에 시립했다는 사실이다.

육태강이 이후에 알게 되는 사실이지만, 그녀가 바로 당우량의 장녀이자 뛰어난 재기로 말미암아 당문 내에서는 당인만큼이나 신뢰받는 후기지수인 독봉(毒鳳) 당소군(唐小君)이었다.

그렇게 바뀐 자리에서 나름의 분위기가 조성되자, 가장 먼저 나선 사람은 당가오형제의 첫째인 당우량이었다. 그는 무겁게 가라앉은 표정으로 앉아 있는 당백과 당염을 번갈아 보며 조심스럽게 물었다. 기실 그는 취의청에 들어오기 전부터 조바심을 내고 있었다.

"백부님, 외람된 말씀이나 저는 아직 저자가 이 자리에 있는 이유를 이해할 수 없습니다. 대체 제가 무엇을 모르고 있는 것입니까?"

'저는'이 아니라 '저희들은'이라고 해야 옳을 터였다. 당우량이 먼저 나섰을 뿐이지 당지문을 비롯한 나머지 네

형제들도 하나같이 영문을 모르겠다는 표정들이었다. 당백
과 당염은 그저 사미륵을 치료해 주라고 지시하고 나서 육
태강을 조용히 취의청으로 이끌었을 뿐, 그들에겐 일언반
구 아무런 설명도 해 주질 않았던 것이다.

"너희들이 못 알아보는 것도 무리는 아니지. 시간도 시
간이지만 변하기도 많이 변했구나."

당백이 육택강을 응시하는 상태로 중얼거리고는 문득 당
소군에게 시선을 주며 물었다.

"혹시 너는 알아보겠느냐?"

당소군이 빙긋 웃더니 육태강에게 시선을 고정하며 대답
했다. 그녀는 비록 절세의 미녀는 아니었으나 어딘지 모르
게 시원한 느낌을 주는 데가 있어서 보면 볼수록 시선이 가
는 얼굴이었다. 그건 아마도 그녀가 선이 굵은 얼굴에 뚜렷
한 이목구비인 데다가 여인네답지 않게 검게 그을린 피부
와 당찬 체격을 소유했기 때문일 것인데, 목소리 또한 사내
처럼 탁 트인 구석이 있었다.

"알아보다마다요, 큰할아버지. 명색이 제가 처음으로 바
짓가랑이를 잡고 따라다니던 사내였는걸요. 소꿉장난이긴
해도 제 입술을 훔친 첫 번째 사내를 어찌 알아보지 못하겠
어요."

육태강은 그제야 당소군을 알아보았다. 어릴 적 인형처

럼 생긴 여자아이 하나가 그를 따라다니며 놀아 달라고 떼를 쓴 적이 있었다. 그 여자아이가 당문의 금지옥엽이며 당소군이라는 이름을 가졌다는 사실이 또렷하게 기억 속에 남아 있었다.

"그런 일도 있었더냐?"

당백이 너털웃음을 흘렸다.

"하긴 네가 저 아이를 마냥 따라다니곤 했었지."

당우량을 비롯한 당가오형제가 이제야말로 무언가 심상치 않은 표정이 되어서 육태강을 뚫어지게 응시했다. 무언가 알 것도 같고 모를 것도 같다는 표정이었는데, 그런 그들에게 당백이 지나가는 말처럼 한마디 했다.

"다른 건 몰라도 가상할 정도로 높이 들린 저 눈꼬리는 똑 닮았지 않느냐, 태산이 그 아이와?"

누가 먼저랄 것도 없이 동시에 당가오형제의 얼굴이 놀람으로 굳어지며 당황으로 얼룩졌다. 그들도 이제 육태강을 알아본 것이다.

당우량이 불신에 찬 눈길을 던지며 말을 더듬었다.

"그, 그럼 네가 바로……."

육태강은 당우량의 말이 끝을 맺기도 전에 불같이 자리를 박차고 일어났다.

"고작 과거 따위나 회상하려고 나를 이 자리에 앉힌 거라면 이만 돌아가겠소!”

당백이 노구를 일으켜서 육태강을 말렸다.

“그게 아니야. 저 아이들도 알아야 할 부분이라서 알리는 것뿐이지. 이러니저러니 해도 가문의 속내를 타인이라고 생각하는 사람 앞에서 드러낼 수는 없지 않겠나.”

육태강은 무감동한 목소리일망정 단호한 어조로 말을 잘랐다.

“그렇다면 더욱 내가 이 자리에 있을 이유가 없군. 나는 남의 가문의 일을 듣고 싶은 마음이 추호도 없으니까.”

당백이 한마디 후 신형을 돌리려는 육태강의 발길을 잡았다.

“전적으로 남의 가문의 일만은 아닐 걸세.”

육태강은 당백을 보고 물었다.

“무슨 뜻이오?”

“우선 앉게나.”

당백이 지긋이 육태강을 바라보며 누르는 손짓을 했다.

“무슨 뜻인지는 이제부터 듣고 나서 자네가 판단하고.”

육태강은 습관처럼 당백의 두 눈을 직시했다. 당백의 늙은 두 눈은 아득할 정도로 깊은 느낌이었으나 적어도 악의는 담겨 있지 않는 것 같았다. 그는 조용히 자리에 앉았다.

당백이 그제야 뒤따라서 자리에 앉으며 나직한 어조로

다시 말문을 열었다. 육태강을 향해서가 아니라 당인을 향해서였다.

"이유가 무엇이더냐? 왜 그런 일을 벌인 것이냐?"

당인은 굳어 버리기라도 한 듯 고개를 숙인 채 침묵하며 대답하지 않았다. 당인보다 더 죄인의 모습이던 당지문이 거칠게 탁자를 치며 소리쳤다.

"썩 고변하지 않고 뭐 하는 게냐! 정녕 형틀에 앉히고 주리를 틀어야 정신을 차리겠느냐!"

당백이 손을 들어서 당지문을 진정시키고는 당인을 향해 다시 말했다.

"늙으면 다른 건 몰라도 눈치 하나는 빨라진단다. 늘 젊은 사람들에게 혹여 짐이 될까 봐 우려하며 살기 때문이지. 해서, 이번 사달에 대해서 이 늙은이도 벌써부터 짐작하는 바가 전혀 없지는 않으니, 애야, 삼키지 말고 어서 얘기해 보거라."

당인이 그제야 고개를 들며 당백과 시선을 맞추었다.

이채로운 것은 그의 얼굴에, 무엇보다도 두 눈에 죄인이라면 마땅히 가져야 할 죄의식이나 두려움 따위가 전혀 담겨 있지 않다는 사실이었다. 비록 당당한 모습은 아니더라도 주눅이 들었거나 기가 눌린 표정이 전혀 아닌 것이다.

그 상태로 그는 더없이 차분하게 대답했다.

“본가의 미래를 위해서였습니다.”

당지문이 흥분해서 거듭 탁자를 치며 악을 썼다.

“저, 저런 발칙한 것 같으니라고! 어디서 그따위 말도 안 되는 궤변을…… 대체 가주의 약을 빼돌리는 것이 어째서 가문의 미래를 위해서라는 게냐!”

당백이 가만히 당지문을 보았다. 당지문이 서둘러 고개를 숙이며 사죄했다.

“죄, 죄송합니다, 백부님.”

당백이 쓰게 웃으며 손을 젓고는 당인에게 시선을 돌렸다.

“대답해 보거라. 어찌하여 그게 당문의 미래와 연결되느냐?”

당인은 당백을 직시한 채 대답했다. 그는 마치 더 이상 여한이 없다는 듯 당찬 모습이었다.

“지난 십여 년간 본가는 봉문 아닌 봉문으로 무림에서의 입지를 잃었습니다. 강북에서는 사패가 힘을 과시하고, 강남에서는 다른 무림세가들이 서로 경합하며 힘을 키우는 동안, 우리 당문은 고작 문단속에만 급급하였습니다. 하다 못해 구대문파조차 자존심을 버리고 기치를 세우려는 마당인데도 말입니다. 소손은 그 벽을 허물고 싶었습니다. 당문이 당문으로서 존재하려면 그 벽을 허물고 밖으로 나가야 한다고 생각했기 때문입니다.”

“세가연맹을 염두에 두었다는 뜻이렸다?”

당백이 대뜸 말을 끊으며 재우쳐 물었다.

“세가연맹의 청을 거절한 가주의 뜻이 옳지 않다고 생각했다? 그래서 가주를 시해하려는 마음을 먹었다, 이 말이더냐?”

근자에 그런 일이 있었다. 강북사패의 득세에 경각심을 가진 강남무림세가들이 발 빠르게 움직여서 연맹을 구성하였다. 그 와중에 사천당가에도 청원이 들어왔었는데 현 가주인 당이중이 일언지하에 거절하였던 것이다. 당백은 그 점을 예리하게 집는 것인데, 당인은 아니라고 단호하게 반박했다.

“당치 않습니다.”

당인이 추호도 기죽지 않은 모습으로 대답했다.

“소손이 제아무리 당문의 미래를 밝히고 싶은 꿈을 크게 가졌더라도 어찌 가문의 존장을 시해하는 폐륜을 저지를 수 있겠습니까. 소손은 다만 한쪽으로 기우신 가주님의 마음을 돌리고 싶었을 뿐입니다. 요컨대 저들이 먼저 본가를 건드린다면 가주님께서도 세가연맹의 청원을 마냥 거절하시지만은 않으실 거라고 생각했습니다.”

당백이 잠시 침묵한 채 당인의 두 눈을 뚫어지게 바라보았다. 마치 당인의 진실한 속내를 읽어 보려는 듯한 모습이었는데, 문득 당소군이 조심스럽게 나서며 부연했다.

"십자유성도 냉운영은 과거 한때 취화성(聚華城)의 일을 보기도 했던 자예요. 인 오라버니는 아마도 그걸 염두에 두고서 이번 모의를 도모한 것 같아요. 그와 같은 사정이 드러나면 설령 취화성이 부정한다고 해도 가주님께서 세가연맹의 청원을 다시 생각해 보리라고 믿었겠지요."

일리가 있는 말이었다. 취화성은 강북사패의 하나였다. 제아무리 사천당문이라도 그런 취화성을 홀로 감당할 수는 없는 일이니, 가주인 당이종의 입장에서는 당연하게도 세가연맹의 청원을 보다 면밀히 검토해 볼 수밖에 없을 터였다.

당백은 그러나 여전히 풀리지 않은 의문이 남은 표정이었다. 당소군의 부연이 끝나기 무섭게 그는 그걸 당인에게 물었다.

"냉운영은 비록 어디에도 근거를 두지 않고 낭인처럼 홀로 떠도는 살수이기는 하나, 그 바닥에서는 그래도 알아주는 독종이며 열 손가락에 근접할 정도의 무공을 소유한 고수다. 어떤 줄을 잡아서 그자에게 청부를 넣었는지는 몰라도, 그자를 놓칠 수도 있다는 생각은 하지 않았느냐? 만에 하나 그래서 약재를 잃어버렸다면 어찌 될 뻔했느냐?"

당인은 마치 이런 질문을 예상하기라도 했듯 망설임 없이 대답했다.

"우선 그자 정도는 되어야 한다고 생각했습니다. 아니면 의심을 살 테니까요. 그리고 둘째로 약재를 잃어버릴 일은 전혀 없었습니다. 약재는 이미 제가 빼돌려 놓았으니까요."

무슨 말을 들어도 별다른 감정의 변화를 드러내지 않던 당백도 이 말에는 어쩔 수 없이 한 대 맞은 표정을 지었다. 정말 의외였던 것이다.

"그럼 네가 그자의 품에서 빼낸 것은 대체 무엇이란 말이냐?"

당인이 대답했다.

"가짜입니다. 그자가 강탈한 약은 가짜이고, 저는 그저 만일을 대비해서 그 가짜를 수거한 것뿐이었습니다."

"음……."

당백은 나직한 침음을 흘리며 당인을 바라보았다. 내색은 삼가고 있으나 당인의 치밀함에 적잖게 감탄하는 모양이었다.

"하지만 사정이 그렇다고 해도 네 죄과가 크게 희석되지는 않는다. 어쨌거나 지극히 네 개인적인 의견을 관철시키기 위해서 가주의 목숨을 담보로 했다는 것에는 변함이 없으니 말이다."

당인은 그래도 주눅 들지 않았다. 그는 당당하게 고개를 들고 말했다.

"이것이 죄가 아니라고 생각한 적은 단 한 번도 없었습니다, 큰할아버지. 분명한 죄고, 죄를 지은 이상 그 죄과를 피할 생각도 전혀 없습니다. 그리고 믿으실지 모르겠으나, 소손은 이번 일로 인해 본가가 세가연맹의 일원이 된 연후 모든 내막을 밝히려고 했습니다. 이번 일은 소손의 개인적인 사욕을 위해서가 아니라 가문의 미래를 위해서 꼭 필요하다고 생각했기 때문입니다."

당인은 문득 결연한 표정을 짓더니 바닥에 머리를 박으며 재우쳐 말했다.

"소손은 지금 이 순간도 그 생각에 변화가 없습니다. 다시 한 번 말씀드리지만 당문이 당문으로서 건재하려면 지금처럼은 안 됩니다. 밖으로 나가야 합니다."

당백은 새삼 나직한 침음을 흘리며 말없이 당인을 바라보았다. 시종 침묵으로 일관하고 있던 당염과 당우량을 비롯한 당가오형제도 숙연한 모습으로 소리 없이 긴 한숨을 내쉬고 있었다.

그러던 중에 당백이 문득 시선을 육태강에게 돌리며 넌지시 물었다.

“알겠나? 내가 왜 이 자리에 자네를 참여시켰는지?”

육태강은 말없이 침묵했다. 그는 물론 당백의 의도를 짐작할 수 있었다. 하지만 내색하고 싶지 않았다. 정확히 말하면 받아들이고 싶지 않다고 해야 옳을 터이다. 이렇게 받아들이기에는 그날의 슬픔과 그간 그가 겪어 온 세월의 아픔이 너무도 컸다.

육태강의 마음을 아는지 모르는지, 당백이 다시 말문을 열었다.

“무슨 말을 어디서부터 어떻게 꺼내야 할지 모르겠지만…….”

그리도 침착하던 당백의 목소리가 떨려서 나왔다.

“하여간 그날의 일은…….”

“더는 언급하지 않았으면 좋겠소.”

육태강은 예의 무감동한 목소리로 당백의 말을 잘랐다.

“내게는 그날의 일로 남은 은(恩)도 없고, 원(怨)도 없소.”

그날의 일이란 엄밀히 따지면 사천혈사를 두고 하는 말이 아니었다. 사천혈사가 벌어지기 전날에 그들 두 가문, 사천당문과 광안(廣安) 육(陸)씨 가문 사이에 오간 소통을 뜻하는 말이었다.

다른 사람들은 모를 수도 있겠으나 적어도 지금 장내의

사람들은 모두가 그걸 알고 있었다. 그날 사천당문에서 광안 육씨 가문의 가주인 육태산에게 도움을 주러 갈 수 없다고 보낸 전서에 대한 것은 지금 이 자리에 있는 사람들 모두가 익히 잘 알고 있는 사실이기 때문이었다.

그리고 그날의 결정은 사천당문에게도 적잖은 아픔과 더불어 치욕으로 기억돼 있었고, 그래서 그날 이후 사천당문은 대외적인 일에 나선 적이 거의 없었다. 당연하게도 이번 당인의 모의 역시도 그로 인해 생겨난 것이고 말이다.

"자네가 그렇다면 그런 것이겠지."

당백이 작은 탄식을 삼키며 쓰게 웃고는 재우쳐 말했다.

"다만 이것 하나만큼은 말하지 않을 수 없네. 이 늙은이가 그날의 일로 남은 감정에서 아직도 헤어나지 못하는 터라 정리라도 확실히 해 두고픈 마음이 들어서 이러는 것이니, 너무 나무라지 말고 너그러운 마음으로 들어 주게나."

침중한 표정으로 말하던 당백이 조용히 일어났다. 그리고 더없이 정중한 태도로 육태강을 향해 두 손을 모아서 포권의 예를 취했다.

"사천당문은 지난 십여 년 동안 그날의 결정을 후회하며 살았네. 자네가 이 점만은 꼭 알아주었으면 하네."

제십일장

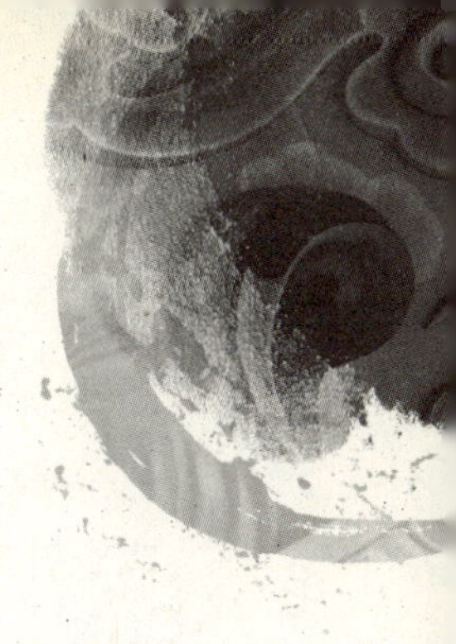

그날, 사천혈사가 벌어지기 직전인 그 당시, 사천 동부 끝에 자리 잡은 광안부의 토박이 가문인 육씨 가문의 장원과 그 인근에는 거의 십만에 육박하는 사람들이 운집해 있었다. 육태산이 정부군에게 대승을 거두었다는 소문을 들은 민초들이 앞다투어 몰려들었기 때문이다.

하지만 당시 광안 육씨 가문의 가주였던 육태산은 자신들에게 더 이상의 승리는 없을 것이라는 사실을 직감하고 있었다.

뿐만 아니라, 육태산은 더는 이기는 싸움을 해서도 안 된다는 생각을 가지고 있었다. 애초부터 그는 역모를 꿈꾸던 것이 아니었다.

어려운 시기에 그저 자기 자신을 지키려 했고, 그런 그에게 의지하는 사람들을 도우려 했을 뿐이었다.

그게 역모로 비추어지며 징계의 칼날이 떨어지는 것이 못내 아쉽고 분하기도 했으나, 또한 그는 그로 인해 황제에게 서슬을 드러낼 정도로 옹졸하지도 않았다.

다만 경각심은 주어야 한다고 생각했다. 주관을 잃은 무기력한 황제가 간신들의 폭정에 시달리며 기아에 허덕이는 백성들의 고초를, 그 원성을 알아야 하고 들어야 한다고 생각했다.

그래서 그는 그날 죽음을 각오했다.

벌써부터 모든 지인에게 전서를 띄워 참가하지 말기를 종용하고, 가신들을 제외한 모든 사람을 돌려보내기 위해 장원의 문을 걸어 잠그는 극단의 조치도 서슴없이 행한 것이 바로 그런 연유에서였다.

비록 그의 노력에도 불구하고 외려 적극적으로 나서는 지인들도 있었고 몰려든 사람들의 태반이 도무지 돌아갈 생각을 하지 않았지만 말이다.

그러니 그날 육태산의 죽마고우인 당이종이 육씨 가문을 돕지 않았다고 해서 당이종을, 더 나아가서 사천당문을 욕할 이유란 어디에도 없었다.

엄밀히 따지면 당이종의 사천당문은 육태산의 의지를 존중한 셈이라 보는 사람의 시각에 따라선 칭찬받아 마땅한 일일 수도 있었다.

당시 어린 아들 육태강에게 해 준 아버지 육태산의 말도 그런 마음을 내포하고 있었다.

"오늘 이 자리에 온 분들도, 또 오지 않은 분들도 다 이 아비를 아끼는 마음에서 그와 같은 결정을 내린 것이다. 너는 차후에도 그 점을 절대 잊지 말아야 한다."

당시의 육태강은 어려서 도무지 사태의 본질을 꿰뚫어 볼 수가 없었다.

다만 막연히 아버지 육태산의 말에 공감할 정도의 분별력은 가지고 있었고, 한편으로 막연히 사천당문의 결정을 경멸하고 비난하던 속내를 드러내지 않을 정도로 영리하기도 했다. 이해는 하지만 공감할 수는 없는 그 같은 모순적인 감정은 그 이후에도 사라지지 않고 남아서 그의 가슴에 애증으로 새겨졌다.

그때부터 지금까지.

그래서였다. 당백의 진심 어린 사과를 듣고도 육태강의 마음은 조금도 달라지지 않았다. 달라질 것이 없었다.

사천당문이 내부적으로 그날의 결정을 부끄럽게 생각하든 말든, 그래서 그와 그의 가문에게 죄의식을 느끼든 말든 그는 상관하고 싶지 않았다.

그건 그들의 일이지 그의 일이 아니었다. 그때나 지금이나 그는 그저 제삼자이고 싶었다. 그게 편했다.

육태강은 자리를 털고 일어났다. 그리고 고개 숙인 당백을 향해 물었다.

"그럼 이제 나는 가도 되는 것이오?"

당백은 더는 육태강을 잡지 않았다. 취의청에서 시종일관 침묵으로 일관하던 당염도, 그리고 당우량을 비롯한 당가오형제도 마찬가지였다.

그들 사천당문은 말없이 육태강과 그 일행을 보내 주었다. 명성에 걸맞도록 불과 한 시진도 되지 않아서 중독당한 사미륵을 완전히 해독시킨 다음의 일이었다.

"대체 무슨 속셈이지?"

왠지 모르게 무거운 분위기 탓인지 사천당문을 벗어나고도 한참 만에 사미륵이 물었다. 어떻게 구워삶았는지는 몰라도 생긴 것처럼 평소 우직하게 말이 없는 곰 같은 체격의 소유자, 관철패(關鐵敗)에게 대략적인 과거의 사정을 듣고 던지는 질문이었다.

육태강은 달리 이렇다 하게 해 줄 말이 없었다. 그의 마음은 한결같았다.

"그들은 그들, 나는 나. 그들의 일은 내가 상관할 바 아니다."

그러나 그들, 사천당문의 일을 전적으로 무시할 수만은 없다는 사실을 그는 얼마 지나지 않아서 깨닫게 되었다.

사천당문을 벗어나서 사미륵에게 그런 질문을 들은 지 불과 하루 만의 일이었다. 성도를 등지고 중경으로 향하는 관도를 타고 무난하게 진행하던 저녁 무렵, 그들이 야영 준비를 끝내고 서둘러 식사를 준비하던 시점에 사미륵이 그에게 다가와서 같은 질문을 던졌다.

"대체 무슨 속셈이지?"

육태강은 대답하지 않고 침묵했다.

사미륵의 질문이 무슨 뜻인지 몰라서가 아니었다. 그 역시 그들 일행을 은밀하게 지켜보고 있는 기척을 벌써부터 감지하고 있었다. 더 나아가서 그 기척의 주인공이 누구인지도 파악하고 있었다.

하지만 그래도 사미륵의 질문에 달리 해 줄 말이 없기는 매한가지였다. 굳이 비교하자면 이번의 감정은 앞서의 감정과 다르게 미묘하고 복잡해서였다.

육태강은 그렇게 한동안 머뭇거리다가 이윽고 말했다.

사미륵을 향해서가 아니라 그들이 야영지로 정한 초지의 한 방향을 가린 수림을 향해서였다.

"나와, 그만."

"에구, 들켰나?"

조금은 실망의 감정이 담긴 장난스런 탄식과 함께 나무 그늘 아래 짙은 어둠의 일부분이 떨어져 나왔다.

상대가 몸에 착 달라붙는 검은색 일색의 복장, 소위 야행복이라고 부르는 무인의 옷차림이라서 그렇게 느껴졌는데, 예상대로 그 정체는 당문일봉인 독봉 당소군이었다.

육태강은 질문을 고르다가 물었다.

"무슨 용무지?"

당소군이 눈썹을 찌푸리며 그를 보았다.

"너무한다고 생각하지 않아요?"

육태강은 그녀의 태도를 알 것도 같고 모를 것도 같아서 그저 침묵했다. 당소군이 애초부터 그의 대답을 기대하지도 않았는지 재우쳐 말했다.

"아무리 어릴 적 소꿉놀이라도 그렇지, 명색이 입술을 빼앗은 여자를 십여 년 만에 다시 만났는데 아는 척도 하지 않고 그렇게 돌아서다니 너무 무심하잖아요."

육태강은 뭐라고 대꾸는 해야겠는데 막상 선뜻 떠오르는 말이 없어서 미간을 찌푸렸다. 당소군이 그런 그의 모습을 보고 시원하게 활짝 웃으며 다가왔다.

"알아요, 알아. 그때는 분위기가 좀 그랬다 이거지요? 그럴 줄 알고 내가 이렇게 따라왔지요."

말을 하면서 그녀는 허리춤을 뒤적거리더니 이내 무언가를 들고 두 손을 흔들었다. 그녀의 두 손에는 각기 하나씩 두 개의 술병이 들려 있었다.

"십여 년 만에 만나서 회포를 푸는 건데 술이 빠져서야 어디 쓰겠어요? 안 그래요?"

육태강은 내심 적잖게 당황했다. 당소군의 태도는 너무 소탈해서. 약간은 중성적인 느낌의 외모와 상관없이, 자존심이 차고 넘치는 방년 이십 세의 여자라는 느낌이 전혀 들지 않았다.

무엇보다도 그와 달리 시간의 흐름과 그간의 격통을 완전히 무시하고 있는 모습이 이채로웠다. 그녀는 과거 어릴 적 그의 바짓가랑이를 잡고 따라다니던 그때의 모습과 조금도 달라지지 않은 것 같았다.

"그나저나 대단하네요."

당소군이 소탈하다 못해 당찬 모습으로 식사 준비를 위해 피워 놓은 모닥불 앞에 털썩 자리 잡고 앉고는 좌중을 훑어보며 말했다.

"내 딴에는 분명 조심한다고 했는데, 이미 다들 알고 있는 눈치잖아요, 이거?"

그녀의 말대로였다. 육태강과 사미륵은 차치하고, 식사 준비를 하고 있던 백무인 등 다른 일행들도 그녀의 갑작스런 등장에도 불구하고 별다른 반응 없이 각자의 일에 몰두하고 있었다. 그건 사전에 그녀의 존재를 파악하고 있지 않았다면 도저히 보일 수 없는 모습들이었다.

육태강은 예의 무감동한 눈길로 가만히 당소군을 내려다보다가 말했다.

"일어나라. 여긴 네가 있을 곳이 아니다."

당소군은 그의 말을 무시하며 주머니에서 술잔을 꺼냈다. 그녀는 그 술잔을 소매로 닦아서 바닥에 내려놓고 나서야 그를 올려다보며 말했다.

"알았으니 일단 거기 좀 앉아 봐요. 그건 술 한 잔 하고 나서 다시 생각해 봐도 늦지 않으니까. 설마 아무리 바빠도 십여 년 만에, 아니, 정확히 십이 년하고도 다섯 달 반 만에 다시 만난 동생에게 술 한 잔 따라 줄 시간이 없겠어요. 안 그래요, 오라버니?"

육태강은 무언가 말을 하려다가 삼키고는 조용히 자리에 앉았다. 그럴 수밖에 없었다. 밝게 웃고 있는 당소군의 두 눈망울에 맺힌 이슬을 보았기 때문이다.

당소군이 술병의 술을 잔에 따라서 육태강에게 내밀었

다.

육태강은 말없이 술잔을 받기 무섭게 고개를 뒤로 젖히며 단숨에 들이켰다. 당소군이 빈 잔을 받으려고 손을 내밀었다. 육태강은 그녀의 손을 가볍게 옆으로 뿌리쳤다.

당소군이 빙긋 웃으며 육태강이 들고 있는 빈 잔에 다시 술을 채웠다. 그리고 잔이 비기를 기다렸다가 다시 한 잔을 따라 주었다.

육태강은 그렇게 석 잔을 연거푸 마신 다음에야 당소군에게 술잔을 건넸다. 당소군이 웃는 얼굴로 잔을 받고는 그가 따라 주는 술을 연거푸 석 잔 마셨다. 그렇게 각기 석 잔의 순배가 돌고 나서야 본격적인 그들의 대작이 시작되었다.

말없이 술잔만 주고받는 대작, 소탈하다면 그 누구 못지않게 소탈하다고 말할 수 있는 사미륵조차 쉽게 끼어들 수 없는 술자리였다. 그렇게 두 개의 술병이 말끔히 비워졌다.

얼마의 시간이 흘러갔을까. 술잔은 작았으나 술병 역시 큰 편이 아니었으니 그리 오랜 시간이 흐른 건 아니었을 것이다.

문득 당소군이 육태강의 매섭게 직시하며 말했다.

"오라버니, 나 기억하지요?"

듣고 있던 사미륵의 입장에선 대체 새삼스럽게 무슨 의

미인지 도통 감을 잡을 수 없는 이 질문에 육태강은 망설이지 않고 대답했다.

"기억나지 않는다."

당소군이 말했다.

"일단 결정한 일은 절대 물러서지 않았지요. 가문에 큰 행사가 벌어지는 중추철(仲秋節) 날 오라버니와 놀고 싶어서 어른들의 허락을 받기 위해 열흘 동안 물만 먹고 버틴 적도 있었어요."

육태강은 그녀를 외면했다.

"나는 모르는 일이다. 그리고 사람은 시간이 지나면 변하기 마련이다."

"몰라도 상관없어요. 다만 변하지 않았다는 거예요, 나는."

당소군이 힘주어 말했다.

"오히려 어릴 때보다 더 독해졌죠. 가문의 위상 때문에 나를 당문일봉, 즉 독봉이라고 부르는 사람들도 뒤에 가서는 나찰이라고, 독공을 익힌 나찰, 취옥나찰(翠玉羅刹)이라고 부를 정도로."

"나와는 상관없는 일이다."

육태강은 무심하게 대꾸하고는 자리를 털고 일어났다. 그런 그를 앉아서 가만히 바라보던 당소군이 문득 의미심장한 미소를 짓더니 대뜸 팔베개를 하고 그 자리에 누웠다.

"그야 두고 보면 알게 될 일이죠."

그러고 나서 그녀는 대체 이제 어떻게 대처해야 할지 몰라서 쓴 표정을 짓고 있던 사미륵을 향해 활짝 웃는 낯으로 물었다.

"설마 술 취한 여자를 이 밤중에 내몰지는 않겠죠?"

"그, 그야 당연히……."

"고마워요."

당소군이 사미륵의 대답이 끝나기도 전에 인사하고는 천연덕스럽게 두 눈을 감아 버렸다.

강적이었다.

그런 강적을 바라보며, 사미륵은 어쩔 수 없이 속으로 생각했다.

'불길한걸.'

〈다음 권에서 계속〉